También esto pasará

Milena Busquets

# También esto pasará

EDITORIAL ANAGRAMA
BARCELONA

*Ilustración:* © Shigeyoshi Koyama


*Primera edición: enero 2015*
*Segunda edición: febrero 2015*


Diseño de la colección: Julio Vivas y Estudio A

© Milena Busquets, 2015
Publicado de acuerdo con Pontas Literary & Film Agency

© EDITORIAL ANAGRAMA, S. A., 2015
Pedró de la Creu, 58
08034 Barcelona

ISBN: 978-84-339-9788-3
Depósito Legal: B. 24725-2014

Printed in Spain

Liberdúplex, S. L. U., ctra. BV 2249, km 7,4 - Polígono Torrentfondo
08791 Sant Llorenç d'Hortons

*Para Noé y Héctor.*
*Y para Esteban y Esther.*

# 1

Por alguna extraña razón, nunca pensé que llegaría a los cuarenta años. A los veinte, me imaginaba con treinta, viviendo con el amor de mi vida y con unos cuantos hijos. Y con sesenta, haciendo tartas de manzana para mis nietos, yo, que no sé hacer ni un huevo frito, pero aprendería. Y con ochenta, como una vieja ruinosa, bebiendo whisky con mis amigas. Pero nunca me imaginé con cuarenta años, ni siquiera con cincuenta. Y sin embargo aquí estoy. En el funeral de mi madre y, encima, con cuarenta años. No sé muy bien cómo he llegado hasta aquí, ni hasta este pueblo que, de repente, me está dando unas ganas de vomitar terribles. Y creo que nunca en mi vida he ido tan mal vestida. Al llegar a casa, quemaré toda la ropa que llevo hoy, está empapada de cansancio y de tristeza, es irrecuperable. Han venido casi todos mis amigos y algunos de los de ella, y algunos que no fueron nunca amigos de nadie. Hay mucha gente y falta gente. Al final, la enfermedad, que la expulsó salvajemente de su trono y destrozó sin piedad su reino, hizo que nos puteara bastante a todos, y claro, eso se paga a la hora del funeral. Por un lado, tú, la muerta, les puteaste bastante, y por otro lado yo, la hija, no les caigo demasiado bien. Es culpa tuya, mamá, claro. Fuiste depositando, poco a poco y sin darte cuenta, toda la responsabilidad de tu menguante felicidad sobre mis hombros. Y me pesaba, me pesaba incluso cuando estaba lejos, incluso cuando empecé a entender y aceptar lo que pasaba, incluso cuando me aparté un poco de ti al ver que, si no lo hacía, no sólo morirías tú bajo tus escombros. Pero creo que me querías, ni mucho, ni poco, me querías y punto. Siempre he pensado que los que dicen «te quiero mucho», en realidad te quieren poco, o tal vez añaden el «mucho», que en este caso significa «poco», por timidez o por miedo a la contundencia de «te quiero», que es la única manera verdadera de decir «te quiero». El «mucho» hace que el «te quiero» se convierta en algo apto para todos los públicos, cuando, en realidad, casi nunca lo es. «Te quiero», las palabras mágicas que te pueden convertir en un perro, en un dios, en un chiflado, en una sombra. Además, muchos de tus amigos eran progres, ahora creo que ya no se llaman así o que ya no existen. No creían ni en Dios ni en una vida después de la muerte. Recuerdo cuando estaba de moda no creer en Dios. Ahora, si dices que no crees en Dios, ni en Vishnu, ni en la madre tierra, ni en la reencarnación, ni en el espíritu de no sé qué, ni en nada, te miran con cara de pena y te dicen: «Cómo se nota que no estás nada iluminada.» Así que han debido de pensar: «Mejor me quedo en casa, sentado en el sofá, con la botella de vino, haciéndole mi particular homenaje, mucho más trascendente que el de la montaña con los cabrones de los hijos. Después de todo, los funerales son una convención social más.» O algo así. Porque supongo que te han perdonado, si es que había algo que perdonar, y que te quisieron. Yo, de niña, os veía reír y jugar a las cartas hasta el amanecer y viajar y bañaros en pelotas en el mar y salir a cenar, y creo que lo pasabais bien, que erais felices. El problema con las familias que uno elige es que desaparecen más fácilmente que las de sangre. Los adultos con los que crecí están muertos o no sé dónde están. Aquí, bajo este sol de justicia que funde la piel y resquebraja la tierra, desde luego no están. Es un mal trago, un funeral, y una pesadez las dos horas de carretera para llegar hasta aquí. Yo me lo sé de memoria, este camino entre olivos, estrecho y ondulante. Es, o fue, a pesar de no pasar más de un par de meses al año en el pueblo, el camino de vuelta a casa y a todas las cosas que nos gustaban. Ahora ya no sé lo que es. Debería haber cogido un sombrero, aunque después también lo hubiese tenido que tirar a la basura. Me estoy mareando. Creo que voy sentarme al lado de

11

este ángel amenazador de alas como espadas y que no me levantaré nunca más. Se me acerca Carolina, que siempre se da cuenta de todo, me coge del brazo y me lleva hasta al muro desde donde se divisa el mar, muy próximo, al final de una cuesta de olivos cansados, de espaldas a todo el mundo. Mamá, me prometiste que cuando murieses mi vida estaría encarrilada y en orden y que el dolor sería soportable, no me dijiste que tendría ganas de arrancarme mis propias vísceras y comérmelas. Y me lo dijiste antes de empezar a mentir. Hubo un momento, no sé por qué, en que tú, que no mentías nunca, empezaste a hacerlo. Los amigos, que al final te trataron poco y recuerdan a la persona gloriosa que eras hace diez o diez mil años, sí que han venido. Y mis amigas, Carolina, Elisa y Sofía. Mamá, al final hemos decidido no enterrar a Patum contigo. Esto no es el Egipto de los faraones. Ya sé que decías que sin ti su vida no tendría sentido, pero, por un lado, es una perra grande y no cabría en el nicho –imagino a los dos enterradores empujándola por el culo para hacerla entrar, como habíamos hecho tantas veces desde alta mar, después del baño, para ayudarla a subir a la barca por las escaleras– y, por otro, eso de enterrarse con el perro seguro que es ilegal. Incluso si estuviese muerto como tú. Porque tú estás muerta, mamá. Llevo dos días repitiéndolo y repitiéndomelo y preguntándoselo a mis amigas, por si ha habido algún error o lo he entendido mal, pero cada vez me aseguran que ha ocurrido lo impensable. Aparte de los padres de mis hijos, sólo hay un hombre interesante, desconocido. Estoy a punto de desmayarme de horror y de calor y, a pesar de todo, sigo siendo capaz de detectar inmediatamente a un hombre atractivo. Debe de ser el instinto de supervivencia. Me pregunto cuál es el protocolo para ligar en un cementerio. Me pregunto si vendrá a darme el pésame. Creo que no. Cobarde. Cobarde guapo, ¿qué hace un cobarde en el funeral de mi madre, la persona menos cobarde que he conocido en mi vida? O quizá esa chica que está a tu lado, apretándote la mano y mirándome con curiosidad e insistencia, sea tu novia. ¿No es un poco bajita para ti? Bueno, novia enana de cobarde misterioso, hoy es el día del funeral de mi madre, tengo derecho a hacer y decir lo que me dé la gana, ¿no?, como si fuese el día de mi cumpleaños. No me lo tengas en cuenta.

Se acaba el funeral. Veinte minutos en total, en medio de un silencio casi absoluto, no ha habido ni discursos, ni poemas –juraste levantarte de tu tumba y perseguirnos por toda la eternidad si dejábamos que alguno de tus amigos poetas recitara algo–, ni rezos, ni flores, ni música. Hubiese sido todavía más rápido si los ancianos operarios que tenían que introducir el ataúd en el nicho no hubiesen sido tan torpes. Entiendo que el hombre atractivo no se acercase a cambiarme la vida aunque, por otro lado, no se me ocurre un momento más adecuado y necesario para

13

hacerlo, pero al menos hubiese podido ayudar a los viejos cuando casi se les cae el ataúd al suelo. Uno de ellos ha exclamado: «*Me cago en dena!*» Ésas han sido las únicas palabras pronunciadas en tu funeral. Me parecen muy apropiadas, muy exactas. A partir de ahora, supongo que cada funeral al que asista será el tuyo. Bajamos por la cuesta. Carolina me coge de la mano. Ya está. Mi madre ha muerto. Creo que me voy a empadronar en Cadaqués. Ahora que tú vives aquí, será lo mejor.

## 2

Que yo sepa, lo único que no da resaca y que disipa momentáneamente la muerte –también la vida– es el sexo. Su efecto fulminante lo reduce todo a escombros. Pero sólo durante unos instantes, o como mucho, si te duermes después, durante un rato. Luego, los muebles, la ropa, los recuerdos, las lámparas, el pánico, la pena, todo lo que había desaparecido en un tornado como el del Mago de Oz, baja y vuelve a ocupar su lugar exacto, en la habitación, en la cabeza, en el estómago. Y abro los ojos y no estoy rodeada de flores y de enanitos cantarines y agradecidos, sino que me encuentro en la cama al lado de mi ex. La casa está en silencio y por la ventana abierta entran los gritos de unos niños chapoteando en la piscina. La luz azul y diáfana promete un día más de sol y de calor, y las copas de los plátanos que diviso desde la cama se balancean pacíficas, sorprendentemente indiferentes a todos los desastres. Por lo visto, no han ardido por combustión espontánea durante la noche, ni sus ramas se han convertido en espadas voladoras y asesinas, no chorrean sangre ni nada por el estilo. Miro a Óscar de reojo sin moverme, consciente de que el menor gesto mío le despertará, hace mucho que no dormimos juntos. Observo su cuerpo largo y fuerte, con el pecho ligeramente cóncavo, las caderas estrechas, las piernas de ciclista, las facciones grandes de rasgos rotundos y masculinos, ligeramente animales en su expresividad y contundencia. «Me gusta, tiene cara de hombre», me dijo mi madre después de cruzárselo por primera vez en el ascensor de casa y adivinar, sin necesidad de ninguna presentación, que aquel chico de cabeza de toro y cuerpo de adolescente tímido, siempre un poco encorvado hacia delante, iba a mi piso. Y le dijo, coqueteando: «Hace tanto calor, que me ducho vestida, me siento a escribir con la ropa mojada y, al cabo de media hora, ¡ya está seca!» Y él llegó a mi piso, donde yo le esperaba temblando de impaciencia, muerto de risa: «Me parece que acabo de conocer a tu madre.» Durante un tiempo, el cuerpo de Óscar fue mi única casa, el único lugar del mundo. Luego tuvimos un hijo. Y luego nos conocimos. Uno intenta actuar como un animal de la selva, guiándose por el instinto, la piel y los ciclos de la luna, respondiendo sin demora y con agradecimiento y cierto alivio a las exigencias de todo lo que no necesita pensarse

16

porque el cuerpo o las estrellas ya lo han pensado y decidido por nosotros, pero siempre llega el día en que es necesario ponerse de pie y empezar a hablar. Lo que, en teoría, sólo ocurrió una vez en la historia de la humanidad, dejar de ir a cuatro patas, ponerse en pie y empezar a pensar, a mí me ocurre cada vez que aterrizo del amor. Cada vez, un aterrizaje forzoso. Ya he perdido la cuenta de las veces que hemos intentado retomar la relación. Pero siempre se interpone algo, normalmente su carácter o el mío. Ahora tiene novia, pero eso no le impide compartir mi cama en este momento, ni haber estado a mi lado durante los últimos seis meses de tinieblas y hospitales y médicos y batallas irremediablemente perdidas. Mamá, ¿cómo pudiste pensar que tenías alguna posibilidad de ganar esta batalla, la última, la que no gana absolutamente nadie? Ni los más inteligentes, ni los más fuertes, ni los más valientes, ni los más generosos, ni los que lo merecerían. Yo me hubiese conformado con que murieses tranquila. Habíamos hablado mucho de la muerte, pero jamás pensamos que la muy cabrona te arrebataría la cabeza antes de llevarse también todo lo demás, que te dejaría únicamente unas migajas de lucidez intermitente que sólo servirían para hacerte sufrir más.

Óscar es un firme defensor de los poderes curativos del sexo, uno de esos hombres de temperamento vital y salud vigorosa, que opinan que no hay desgracia, disgusto o decepción que el sexo no pueda arreglar. ¿Estás triste? Folla. ¿Te duele la cabeza? Folla. ¿Se te ha estropeado el ordenador? Folla. ¿Estás en la ruina? Folla. ¿Se ha muerto tu madre? Folla. A veces funciona. Salgo sigilosamente de la cama. Óscar también opina que hacer el amor es la mejor manera de empezar el día. Yo por las mañanas quisiera ser invisible y no alcanzar plena corporeidad hasta la hora de comer. El fregadero desborda de platos sucios y en la nevera sólo hay unos cuantos yogures caducados, una manzana arrugada y un par de cervezas. Abro una, no queda ni café ni té. Los árboles me saludan por las ventanas del salón agitando sus hojas y me doy cuenta de que las persianas de la anciana que vive delante están cerradas, ya se ha debido de marchar de vacaciones o tal vez también se haya muerto, quién sabe. Tengo la sensación de que he pasado meses viviendo en otro sitio. Llevo encima el sudor de la noche y del hombre toro con el que he dormido, meto la nariz dentro del cuello de la camiseta y reconozco el olor ajeno, las huellas invisibles de la alegre invasión de mi cuerpo por otro cuerpo, de mi piel –tan dócil y permeable– por otra piel, de mi sudor por un sudor distinto. A veces, ni la ducha logra borrar esa presencia, y paso días percibiéndola, cada vez más lejana, como un vestido indecente y favorecedor, hasta que desaparece del todo. Me acerco el vaso de cerveza a la sien y cierro los ojos. En teoría, ésta era mi época favorita del año, pero no tengo planes. Tu hundimiento era mi único plan desde hacía meses, tal vez años. Oigo a Óscar trastear en el dormitorio, me llama:

–Ven, ven corriendo, tengo que decirte algo importantísimo.

Es una de sus tretas sexuales y finjo no oírle. Si voy, no volveremos a salir de la cama hasta la hora de comer, y no tengo tiempo, la muerte conlleva mil gestiones. Finalmente, después de diez minutos gruñendo y llamándome porque dice que no encuentra sus calzoncillos y que seguro que se los he escondido yo –claro, no tengo nada mejor que hacer que jugar al escondite con tus calzoncillos–, sale de la habitación. Sin decir una palabra, se pone detrás de mí y empieza a besarme el cuello mientras me aprieta contra la mesa. Sigo ordenando mis papeles como si no pasara nada. Me muerde la oreja violentamente. Protesto. No sé si darle un bofetón. Cuando decido que tal vez sea lo mejor y me dispongo a hacerlo, ya es demasiado tarde. Se puede decir mucho de un tío por la manera en que te quita o te aparta las bragas. Y el animal que hay en mí –y que tal vez sea lo único que no haya quedado reducido a cenizas en los últimos meses– arquea la espalda, apoya las manos sobre la mesa y tensa todo el cuerpo. Hasta el último momento, creo que le voy a dar una bofetada, pero al final mi otro corazón, el que su polla ha invadido, se pone a palpitar y me olvido de todo.

–No deberías beber cerveza por la mañana, Blanquita. Ni fumar –añade al verme encender un cigarrillo.

19

Me mira con la misma cara que pone todo el mundo conmigo desde hace unos días, una mezcla de preocupación y de lástima, ya no sé si sus caras son un reflejo de la mía o al revés. Hace días que no me miro al espejo o que me miro sin verme, sólo para arreglarme. Nunca habíamos tenido tan mala relación. Mi espejo, *mon semblable, mon frère*, se empeña en recordarme que se ha acabado la fiesta. En la mirada de Óscar, además de lástima y preocupación, hay ternura, un sentimiento muy cercano al amor. Pero no estoy acostumbrada a dar pena, y se me revuelven las tripas. ¿Puedes volver a mirarme como hace cinco minutos, por favor? ¿Puedes volver a convertirme en un objeto, en un juguete? ¿Algo que obtiene y da placer, y que no está triste, y a lo que no se le ha muerto el amor de su vida mientras ella, volando por las calles de Barcelona en moto, no llegaba a tiempo?

—Creo que deberías marcharte unos días, airearte. Aquí ya no tienes nada que hacer y la ciudad está desierta.

—Sí, tienes razón.

—No quiero que estés sola.

—No. —No le digo que desde hace meses me siento siempre sola.

—Lo peor ya ha pasado.

Me echo a reír.

—Lo peor y lo mejor. Ya ha pasado todo.

—Y hay mucha gente que te quiere.

No sé cuántas veces me habrán dicho esa frase en los últimos días. El ejército silencioso y parlanchín de la gente que me quiere se ha alzado, justo en el preciso instante en que yo lo único que quiero es meterme en la cama y que me dejen en paz. Y que mi madre se siente a mi lado, me coja la mano y me ponga la suya en la frente.

–Sí, sí, lo sé. Y lo agradezco muchísimo. –No le digo que ya no me creo el amor de nadie, que hasta mi madre dejó de quererme durante un tiempo, que el amor es lo menos fiable del mundo.

–¿Por qué no subes a Cadaqués unos días? Ahora la casa es tuya.

Pero ¿qué dices, tío chalado, irrespetuoso y estúpido?, pienso fugazmente mirando sus grandes ojos bondadosos y preocupados. La casa es de mi madre. Y siempre lo será.

–No sé –contesto.

–Y la barca está en el agua. Allí estaréis bien.

Tal vez tenga razón, me digo. Las brujas de ese pueblo resguardado por las montañas, por una carretera endiablada y por un viento salvaje, que enloquece a todos los que no merecen la belleza de sus cielos y la luz rosa de sus atardeceres de verano, siempre me han protegido. Desde niña, veía cómo, encaramadas al campanario, riendo a carcajadas o frunciendo el ceño, expulsaban o abrazaban a los recién llegados, hacían estallar disputas entre las parejas más enamoradas, indicaban a las medusas qué piernas y estómagos picar, colocaban los erizos estratégicamente debajo de ciertos pies. Y cómo dibujaban amaneceres alucinantes que aliviaban las resacas más terribles, convertían cada una de las calles y de los rincones del pueblo en acogedores dormitorios, te envolvían en olas de terciopelo que borraban todos los disgustos y males del mundo. Y ahora, además, hay una bruja nueva.

–Sí, tal vez tengas razón. Cadaqués. Voy a ir a Cadaqués. –Y añado–: Tara, mi casa, la tierra roja de Tara, volveré a Tara... Después de todo, mañana será otro día.

Doy un largo sorbo a la cerveza.

–¿De qué peli es? –le pregunto.

–Creo que estás mezclando *Lo que el viento se llevó* con *E.T.* –dice riendo.

–Ah, es posible, es posible. La cerveza en ayunas hace que se me ocurran las mayores tonterías. ¿Cuántas veces te obligué a ver *Lo que el viento se llevó*?

–Muchas.

–¿Y cuántas veces te quedaste dormido viéndola?

–Casi todas.

–Ya, siempre has tenido un gusto pésimo para el cine. Eres un esnob.

Por una vez, no me replica, sólo me mira sonriendo, con ojos de ilusión. Óscar es uno de los pocos hombres adultos que conozco que puede poner cara de ilusión, cara de Reyes Magos. Nunca se lo he dicho y no creo que lo sepa. La cara de ilusión es una de las más difíciles de fingir y va desapareciendo a medida que desaparecen las ilusiones, las verdaderas, las infantiles, y son sustituidas por meros deseos.

–Todo irá bien, Blanca, ya lo verás.

–Ya lo sé –miento.

Me cuenta que se tiene que marchar unos días a París por trabajo, pero que en cuanto vuelva, subirá a Cadaqués a vernos y se quedará a pasar unos días con nosotros. Luego suspira y añade: «No sé qué voy a hacer con mi novia.» Los hombres siempre siempre siempre acaban metiendo la pata. Pongo cara de honda preocupación, que también es una expresión difícil de fingir, pero no tanto como la ilusión, y cierro la puerta de un portazo.

Y yo no sé qué voy a hacer sin mi madre, tío.

## 3

Nicolás opina que estás en el cielo jugando al póquer con Copito de Nieve. A pesar de tener sólo cinco años, lo explica todo con tanto convencimiento que a veces me hace dudar. Y yo, desde lo alto de mis cuarenta años y habiéndote conocido infinitamente más –o tal vez no, durante los últimos tiempos creo que fueron los niños los únicos que tuvieron milagrosamente acceso a ti, los únicos capaces de ver y de llegar, a través de la enfermedad y de la bruma, a la persona que fuiste, los únicos lo bastante bondadosos y listos para hacerte resurgir. Ellos, suertudos, no te odiaron ni un minuto–, no puedo imaginar un sitio mejor para ti. En sus dibujos, ahora apareces volando por encima de nuestras cabezas, una mezcla de bruja burlona y de hada patosa no muy distinta a lo que fuiste en vida.

Acaban de pasar unos días en casa de Guillem,

el padre de mi hijo mayor. Y llegan morenos, más altos y cargados de ensaladas, tomates y pepinos del huerto de su padre. Ofrendas de frutas y verduras que siempre recibo con gran entusiasmo y que suelen acabar en la basura, en cuanto aparece un bicho, al intentar yo lavarlas con el poco convencimiento con el que siempre emprendo toda tarea doméstica.

–Guillem, sólo quiero manzanas como las de Blancanieves. Mi problema con las manzanas ecológicas es que siempre pienso que si les doy un mordisco decapitaré a un gusano. Eso me angustia bastante. Lo entiendes, ¿verdad?

–Claro, tú prefieres las manzanas envenenadas, ¿no? Bueno, no te preocupes, el próximo día te traeremos de ésas, a ver si funcionan.

Y hace el gesto de rebanarse el pescuezo, cierra los ojos y se queda con la lengua fuera, haciendo reír a los niños, que adoran su mezcla de locura y sentido práctico, su capacidad para contarles con todo detalle el día a día de la Revolución Francesa y después ir al huerto a plantar tomates.

Guillem es arqueólogo, bebedor, culto, solidario, inteligente, catalanista, simpático, tramposo, fuerte, mal pensado, generoso, muy divertido y muy terco. Su lema es *«no estic per hòsties»* y realmente, excepto durante los años que pasamos juntos, que sí estuvo para muchas *«hòsties»*, se ha mantenido fiel a él. Tenemos una relación de amor-odio. Yo le amo y él finge odiarme casi todo el tiempo. Pero su odio tiene

25

más cosas buenas que el amor de la mayoría de las personas que he conocido. Se ha quedado con Patum, la perra de mi madre, que durante unos años, antes de separarnos, fue nuestra. Luego, un día, se la dejé porque me iba de viaje y, al volver, me dijo que se la iba a quedar ella, que estaría mejor con su madre y con su hermana. Y te quedaste con nuestra perra. Y la hiciste tuya, como hacías con todo lo que amabas, con todos, les robabas una vida, les regalabas una vida, mucho más amplia y aireada y divertida que cualquier cosa que hubiesen conocido antes o que fuesen a conocer después. El precio, elevado, era estar bajo tu implacable escrutinio, presos de un amor que, como tú misma decías, en ningún caso, jamás de los jamases, era ciego. Aunque tal vez con los perros, y sólo con ellos, sí. Patum sobrevivió a su madre y a su hermana. El día que, sin protestar, aceptaste que nos la llevásemos porque ya no podía estar contigo, entendí que el final estaba cerca. Si estabas dispuesta a renunciar a tu perra, significaba que estabas dispuesta a renunciar a todo, que estábamos llegando al fondo del precipicio por el que llevábamos dos años despeñándonos. Aquella tarde, con tu mano todavía al alcance de la mía, inicié las gestiones para que fueses enterrada en el cementerio de Port Lligat. Patum vino a tu funeral, fue el único perro, Guillem le puso un lazo negro en el collar —una idea típica de él— y se portó como una dama. No se tumbó despatarrada como de costumbre, se sentó a la sombra, muy seria y formal, con su lazo negro, al lado de Guillem, con sus vaqueros viejos y una camisa que se le abría un poco a la altura de la tripa y que había planchado especialmente para la ocasión. Creo que la imagen te hubiese gustado, que te habrías acercado a ellos y a su lado, sentada –tú tampoco estabas para demasiadas hostias–, con la mano apoyada en la cabeza de tu perra, habrías presenciado tu silencioso funeral. Tal vez lo hiciste, no sé.

–Bueno, Blanquita, ya ves que los he alimentado bien. ¿Verdad, niños?

Los dos asienten, bien aleccionados.

–¿Verdad que no os he dado pizzas congeladas ni fideos de esos tóxicos que os da vuestra madre?

Los dos niegan con la cabeza.

–Sí, mamá, hemos comido de maravilla –dice Nicolás, el pequeño.

–Me alegro mucho.

–Por cierto, ¿sabes que han prohibido los botes esos de fideos prefabricados que coméis? –dice Guillem–. Ahora los tendrás que comprar en el mercado negro.

Se echa a reír. Le miro fijamente con cara de odio hasta que se me escapa la risa.

–Y han ido cada día a la piscina. Cada día. ¿Cuándo fue la última vez que tú les llevaste a la piscina?

–Nunca –exclaman los dos niños a la vez.

Guillem sonríe triunfalmente.

–Mamá, y en la piscina a la que vamos con Guillem venden ganchitos. Y le hacen gin tónics especiales para él.

Guillem les hace señales con la mano para que se callen.

–Gin tónics. Claro. Así cualquiera. Y ganchitos. Supongo que también son de algún huerto ecológico...

–En fin, ahora en serio. A los niños les va muy bien estar al aire libre y aquí no tienes nada que hacer. Esta ciudad en verano es insoportable, bueno, es insoportable todo el año en realidad. ¿Por qué no subís a Cadaqués unos días? Allí estaréis bien. La barca está en el agua, ¿verdad?

–Sí, el *Tururut* está en el agua. Mi madre se encargó de todo.

Qué loca, mamá, qué loca. ¿En serio pensabas que podrías ir en barca? ¿Seguirá allí el mismo mar, a pesar de tu ausencia? ¿O se habrá replegado sobre sí mismo hasta hacerse tan pequeño como una servilleta pulcramente doblada y te lo habrás llevado también, metido en el bolsillo?

–Pues perfecto, seguro que querría que la aprovechásemos.

Le acompaño hasta la puerta, me da unas palmaditas en el hombro.

–Anímate, venga. Nos vemos la semana que viene en Cadaqués, ¿de acuerdo? Ya verás, allí estaremos bien. Tranquilos.

# 4

Una de las mejores maneras de descubrir los rincones secretos de tu propia ciudad, no los románticamente secretos, los de verdad improbables, es enamorándote de un hombre casado. Sólo así se explica que estemos en Badalona, creo que es Badalona, tomando unas croquetas infectas, que nos parecen buenísimas, en un bar inmundo, que nos parece el más maravilloso del planeta, y al que nos prometemos volver pronto, tan contentos y mundanos como si estuviésemos en el Ritz. Hacía semanas que no veía a Santi. Desde antes de tu muerte. Los meses anteriores, mientras tú te debatías inútil y salvajemente en la cama contra la enfermedad y la demencia, yo, cuando no estaba demasiado triste o cansada, me debatía en el mismo lugar, también inútil y, a veces, salvajemente, para demostrarme y demostrar al mundo que seguía viva. Lo contrario de la muerte no es la vida, es el sexo. Y a medida que la enfermedad se iba volviendo más feroz e implacable contigo, mis relaciones sexuales se iban volviendo también más feroces e implacables, como si en todas las camas del mundo sólo se estuviese librando una batalla, la tuya. Los desesperados follamos desesperadamente, ya se sabe. Adiós a las mañanas en las que abría los ojos, sola o acompañada, y pensaba, feliz: el mundo es un poco más pequeño que mi dormitorio. A veces, tenía la sensación de que las dos nos estábamos convirtiendo en árboles resecos y quebradizos, grises como fantasmas, a punto de convertirse en polvo. Pero cuando te lo decía, me asegurabas que no, que éramos las dos personas más fuertes que conocías y que ningún vendaval podría con nosotras.

Santi se ha puesto mis vaqueros favoritos, de un rojo desvaído y viejísimos y una parka caqui que compramos juntos hace mucho tiempo. Creo que se los pone para gustarme pero también como amuleto contra las tormentas que a menudo asolan nuestra relación. Cuando le he visto sorteando los coches encima de su bicicleta, dirigiéndose hacia mí como una flecha, de pie, como si tuviese veinte años y no más del doble, con sus raídos vaqueros rojos, el cuerpo moreno y compacto, más desarrollada y musculosa la parte de abajo que la de arriba a causa del esquí y de la bicicleta, y las manos de obrero, cortas y gruesas y a menudo magulladas, me ha dado un vuelco el corazón, como siempre. Creo que es por eso por lo que le sigo viendo, me acelera el pulso, cada vez. Tú siempre me decías, con aire de fingida preocupación: «Tu problema es que te gustan los hombres guapos.» Pero creo que en el fondo te hacía gracia ese rasgo, tan masculino e infantil, de preferir algo tan gratuito, aleatorio e insustancial como una apariencia agradable al poder, la inteligencia o el dinero.

Tomamos un par de cañas y decidimos ir a picar algo rápido, hace mucho que no nos vemos y tenemos prisa por estar juntos, se nos van las manos imperceptiblemente, le rozo la cintura, me toca el hombro, me acaricia el meñique al encenderme el cigarrillo y, en todo momento, nos mantenemos cinco centímetros más cerca de lo que sería correcto entre un par de amigos. Nos adentramos por las callejuelas en busca de algún lugar tranquilo y solitario lejos del sol, al pasar por un pasaje subterráneo me empuja contra la pared, me besa y me mete la mano dentro del pantalón. La fuerza física de los hombres sólo debería servir para darnos placer, para estrujarnos hasta que no quede ni una sola gota de pena ni de miedo en nuestro interior. Aparece un adolescente con mochila y nos mira de reojo, disimulando, mientras aceleraba el paso, casi he olvidado el desorden de los primeros besos, la precipitación y los moratones que preceden al aprendizaje de la lentitud y de la inmovilidad, de los gestos precisos como los de un cirujano, cuando pasamos de follar sólo con el cuerpo a follar también con la cabeza.

31

–Nos van a detener por escándalo público –le susurro a la oreja.

Se echa a reír, se separa unos centímetros dolorosísimos de mí y, con mucho cuidado, me recoloca bien el pantalón y la camisa, como si yo fuese una niña pequeña, como debe de hacer con sus hijas cuando las ayuda a vestirse.

–Alguna noche podríamos venir aquí a follar. ¿No crees? –le digo–. Como adolescentes.

–Claro que sí.

–Me pondré falda, así será más fácil.

Me coge de la mano.

–Vamos a comer algo, gamberra.

–No hay nada como el amor vertical. Lo sabe todo el mundo –añado.

Y me da una patada en el culo.

Bebo una copa de vino blanco en la que se derrite tristemente un cubito de hielo que el simpático camarero me ha puesto, con decisión y sin preguntar, cuando le he dicho que tal vez el vino no estaba lo bastante frío, mientras Santi charla animadamente con el dueño del bar y me acaricia la rodilla. Un hombre que no es amable con los camareros, no es amable con nadie y acabará no siéndolo contigo, pienso. Le felicita efusivamente por unas croquetas de setas que seguramente son congeladas. Me mira el escote sonriendo.

–¿Te he contado mi teoría de que los hombres que están obsesionados con la comida es porque no follan lo suficiente? –le pregunto–. ¿Y que gracias a ellos sobreviven todos los restaurantes pijos de esta ciudad? ¿Te has fijado en que siempre están llenos de parejas de mediana edad? Ellos, con un reloj tan caro como un coche, hablan de la receta de las croquetas, mientras ellas miran al infinito con cara de asco y de aburrimiento o cuentan calorías.

–¿Y conoces mi teoría de que cuando tienes ganas de joder es porque tienes ganas de joder?

–No se me había ocurrido nunca. Es posible.

Me coge de las costillas con ambas manos, como si fuese un corsé humano, y aprieta hasta que las puntas de sus dedos casi se tocan.

–¿Cómo se pueden tener una tetas así con un cuerpo tan menudo?

–Mi amiga Sofía piensa que los pechos abundantes son un engorro y dice que deberían ser como las pollas, aumentar de tamaño cuando se los requiere y quedarse tranquilitos y de un tamaño razonable cuando no. Pechos retráctiles.

Se echa a reír.

–Tus amigas están locas. Y tú también.

Le pide al camarero dos copas más. Tengo la sensación de haber bebido mucho. Casi no queda vino en la botella y creo que cuando llegamos estaba casi llena. Santi me besa sujetándome la cara con las dos manos, como si me fuese a escapar. Pide más croquetas que yo no toco y le dice al camarero, suspirando con cara de preocupación:

–Es que no me come nada.

–Coma, mujer, coma.

Mordisqueo media croqueta y apuro la copa.

–Brindemos –dice–. Por nosotros.

–Por nosotros.

Nos quedamos callados un momento, mirándonos.

–Mi vida es una mierda. Estoy fatal –murmura de repente.

–Yo también –le contesto.

Y me echo a reír, con mi risa de hiena según Guillem, que ha enseñado a los niños a imitarla a la perfección, con mi risa nerviosa según el psiquiatra.

–¿Cómo te va el trabajo?

–Hace tres meses que los socios no cobramos. Ningún despacho de arquitectura de este país tiene trabajo, no se está construyendo ni un solo edificio. No sabemos lo que pasará.

–Vaya, qué desastre.

–En este momento, aunque quisiera, no podría separarme, no me puedo permitir un alquiler.

Otra prueba del triunfo inapelable de la lucha por la igualdad de género, que ha servido, sobre todo, para que ellos se parezcan cada vez más a nosotras y no al revés. Ahora también son los hombres los que no se separan para no perder estatus, pienso con cierta melancolía.

–Y tampoco podría ir a esquiar –añade cándidamente.

34

–Ya. Eso sí que sería una tragedia.

–¡Qué bruja eres!

Hace más de dos años que veo a Santi. Nunca he querido saber nada de la relación que tiene con su mujer, por delicadeza, por respeto y por miedo. En general, creo que es mejor saber lo menos posible sobre la gente. De todos modos, tarde o temprano, aparecen como son, sólo es cuestión de tiempo, poco, y de tener los ojos y las orejas abiertas.

–Me hubiese gustado estar contigo en el funeral.

–¿Vamos? –digo yo, poniéndome de pie.

Encontramos un pequeño hotel agradable, un poco anticuado, familiar, en primera línea de mar.

–¿Te gusta? ¿Te parece bien?

–Sí. Perfecto.

Pide una habitación con vistas para dormir la siesta, mientras me empieza a desabrochar la blusa. La recepcionista nos mira impertérrita y sigue tecleando en el ordenador. Pedimos un gin tónic mientras esperamos a que la habitación esté lista y salimos a la calle. La playa está casi vacía, sólo hay algunos cuerpos desperdigados al sol, afeados por la luz del mediodía, la falta de intimidad y la promiscuidad. Un cuerpo, hasta el más incómodo y enfermo y derrumbado, puede ser grandioso y emocionante, cien cuerpos juntos al sol nunca lo son. Me abrocho un par de botones de la camisa.

Subimos a la habitación, un cuarto sencillo y limpio de paredes blancas con dos púdicas camas individuales cubiertas por cubrecamas jaspeados del mismo azul que las cortinas y con un par de cuadros de veleros colgados encima de un pequeño escritorio. Me echo a reír.

–Dos camas individuales. ¿Ves? La venganza de la recepcionista por el espectáculo de abajo.

–Maldita sea.

Pero es una habitación con vistas y, desde el balcón, el mar y el horizonte nos pertenecen. Los cuerpos de los bañistas, convertidos en hormigas, han recuperado su dignidad. Santi, arquitecto hasta el final, incapaz de dejar un espacio tal y como está si hay la menor oportunidad de mejorarlo, saca uno de los colchones al balcón, me tumba encima y empieza a desnudarme. Hay tanta luz que casi no le veo. Cierro los ojos y la cabeza me empieza a dar vueltas. Los abro e intento centrarme en sus besos, que van subiendo despacio por mis piernas, pero estoy muy mareada y lo único que quiero es que me traiga un vaso de agua.

–Estás muy pálida. ¿Te encuentras bien? –me pregunta.

Bebo dos sorbos y empiezo a vomitar. Intento levantarme pero no me tengo en pie, me acompaña hasta el baño, sigo vomitando hasta que no me queda nada sólido dentro, después paso un buen rato devolviendo sólo líquido, y cuando ya he sacado todo el alcohol, mi cuerpo sigue empeñado en expulsar algo más. Mi cuerpo, otro paraíso perdido. Por fin, se detienen las arcadas. Veo nuestro reflejo en el espejo, mi cuerpo desnudo como un espectro gris de ojos vidriosos y, detrás de mí, Santi vestido, el ciclista-esquiador de los pantalones rojos, que puede beber y drogarse sin límite y sin perder la compostura, aunque luego necesite estimulantes varios y sea incapaz de dormir sin haberse fumado un porro o tomado un somnífero. Si no me encontrase tan mal, me parecería sexy. Estoy loca por mi cuerpo asimétrico, blando, huesudo, imperfecto, desproporcionado, lo malcrío, lo manoseo, le doy todo lo que me pide, lo sigo a todas partes, le obedezco dócilmente, nunca lo contradigo. Es lo contrario a un templo. He intentado, intento, sin demasiado éxito, que mi cabeza sea un templo, pero el cuerpo debería ser siempre un parque de atracciones.

—¿Estás mejor? —me pregunta Santi.

Ha humedecido una toalla y me la pasa por la frente y el cuello. Me acerca la ropa.

—Más o menos.

—Olvidé lo mal que te sienta el alcohol cuando no comes. Tenía muchas ganas de verte.

—No te preocupes, es culpa mía. El gin tónic final fue una mala idea. Si no me muero esta noche, mañana estaré bien.

Santi carga su bicicleta en mi coche y me acompaña hasta casa. Abro la ventanilla y cierro los ojos. Estoy agotada, sólo quiero dormir. Al llegar a la puerta de casa, se despide precipitadamente con un beso en los labios.

37

–En esta zona hay mucho colegios, me puede ver algún conocido –se excusa mirando a su alrededor. Y, antes de marcharse serpenteando, añade–: Voy a subir a Cadaqués unos días con mi familia, nos han invitado unos amigos. Espero poderme escapar algún rato y que nos veamos.

Cierro la puerta y subo las escaleras a toda prisa. Creo que voy a volver a vomitar. Corro al baño.

# 5

La entrada de mi casa está llena de cajas. Con la ayuda de la chica, las hemos arrinconado en el lado izquierdo, seis filas que casi llegan al techo, junto a las cajas de mi última mudanza, hace dos años, que todavía no he abierto. Cuando vinimos a vivir aquí, fuimos abriendo cajas y cuando ya no cupo ni un alfiler, ni un libro, ni un juguete más, paramos. Están abajo, para cuando tengamos un piso más grande. Ya no recuerdo lo que contienen, libros, supongo. Cuando he buscado alguna cosa, nunca ha aparecido, seguro que cuando algún día las abra, dentro de dos o veinte años, aparecerán muchos tesoros. Las tuyas están llenas de libros, de vajillas, de juegos de té y de mantelerías. Me ha costado mucho desprenderme de tus cosas, sobre todo de las que sabía que amabas. Algunos días, pensaba que lo iba a tirar todo y, al cabo de cinco minutos, me arrepentía y decidía guardar hasta el último cachivache. Tres horas después, volvía a pensar que lo iba a regalar todo. Supongo que estaba empezando a decidir a qué distancia exactamente quería vivir de ti. Es un difícil equilibrio, resulta más fácil guardar las distancias con los vivos. Al lado del muro de cajas hay un colgador largo, que solemos utilizar para que los invitados dejen sus cosas en las fiestas, con tu chaqueta de lana azul grisácea con rayas de color teja. Ha sido la única prenda de ropa tuya que me he quedado. No me la quedé porque fuese una pieza buena, sino porque te vi miles de veces con ella y porque la compramos juntas en tu tienda favorita. No he tenido el valor de llevarla a la tintorería. Supongo que huele a ti, tampoco me he atrevido a comprobarlo, me da un poco de miedo, es como un espectro polvoriento y lleno de pelos de perro, que me saluda al llegar a casa. Me siguen dando miedo los muertos. Cuando te vi muerta, no sentí miedo, me hubiese podido quedar allí sentada a tu lado durante siglos, me pareció simplemente que ya no estabas, que la luz matinal de verano que entraba por la ventana ya no encontraba ningún obstáculo para derramarse por la habitación y por el mundo, sólo quedaban nuestros despojos, tu mueca de dolor, el silencio, el cansancio y una soledad nueva, sin fondo –como suelos que, uno tras otro, se van abriendo bajo mis pies en cuanto los rozo–, dándome la bienvenida. Si tu alma, o algo así, sobrevivió, se fue pitando de aquella habitación tan deprimente, no te lo reprocho, seguro que la mía hubiese hecho lo mismo.

–¿Qué es esa chaqueta asquerosa que tienes colgada abajo? –pregunta Sofía al entrar en casa.

Lleva uno de los antiguos vestidos hippies de su madre, de lino blanco con ribetes rojos, que recuperó hace un tiempo y que actualizó en la modista convirtiéndolos en algo nuevo y elegante. Sofía se viste con una precisión y una atención al detalle muy poco habitual en nuestra época –me parece que sólo algunos señores mayores se siguen vistiendo así– y muy alejada de mi uniforme de vaqueros viejos y camisas de hombre. Antes de empezar a hablar con ella, una tarde a la puerta del colegio de nuestros hijos, ya me había fijado en la loquita excéntrica e impecablemente vestida que un día aparecía con una pamela gigantesca para protegerse de la lluvia y al siguiente con unos pantalones cortos de lana color fucsia encima de unos leotardos negros. Tuvimos un flechazo amistoso, idéntico a los que se dan entre chicas en la adolescencia cuando detectas a alguien que no sólo comparte tus gustos y tus fobias, tu afición por el vino blanco y tu manía de no tomarte nada en serio, sino que tiene la misma manera –consecuencia tanto de un carácter apasionado y confiado como de una infancia protegida– de entregarse al mundo y a los demás: completamente.

–Es la chaqueta de mi madre –digo yo–. Todavía no la he llevado a la tintorería porque la verdad es que no sé qué voy a hacer con ella. Es la única prenda de ropa suya que me he quedado.

Le cuento que la última vez que vi a Elenita, la hija de Marisa, mi niñera, la extraordinaria mujer que fue mi segunda madre y que había fallecido un par de años antes a causa de un ataque al corazón, ella, Elenita, ya muy enferma de cáncer, me recibió con una de las batas floreadas de su madre. La reconocí al instante y me pareció lógico que se la hubiese puesto, también me pareció premonitorio y terrible, el abrazo de la muerte. Y recordé a una compañera de colegio, rubia y larguirucha, muchísimos años antes, enseñándome en clase de gimnasia, antes de echarse a correr por la pista de atletismo, unos calcetines amarillos que le llegaban hasta la rodilla y que habían pertenecido a su padre, que acababa de morir de cáncer. Yo era virgen para la muerte y aquello me pareció muy triste y romántico (en la adolescencia, la pena era un sentimiento tan volátil y rutilante como los demás, al menos para mí). Al cabo de un año, cuando cumplí diecisiete, fallecía mi padre de cáncer. Y, desde entonces, los muertos se encadenan, el último eslabón de este macabro collar, que pesa una tonelada, seré yo, supongo.

—Yo creo que deberías llevarla a la tintorería y guardarla en el estante más alto del armario —dice Elisa—. Dentro de un tiempo ya decidirás lo que quieres hacer con ella, no hay prisa.

También ha venido a comer Elisa, casi nunca

quedamos las tres a la vez, los tríos no funcionan ni siquiera en la amistad.

—Me voy a poner a preparar los cócteles inmediatamente, eso te animará —añade Sofía.

Sofía es una experta en hacer cócteles y a menudo se pasea por la ciudad con una exquisita bolsa de lona color crudo cargada con todos los enseres necesarios para prepararlos. Elisa ha traído sushi. Saco unos restos de queso reseco de la nevera y nos sentamos a la mesa. Brindamos por la vida, por nosotras y por el verano. Últimamente, todo el mundo parece empeñado en brindar conmigo, en convocar un futuro que no sé si llegará.

—Bueno, chiquillas —les digo—. He decidido irme unos días a Cadaqués. Sexo, drogas y rock & roll. ¿Quién se apunta?

Elisa me mira con cara de preocupación y Sofía aplaude con entusiasmo.

—¡Eso, eso! ¡Vamos a Cadaqués! —exclama mientras Elisa empieza una erudita charla sobre el efecto de las drogas, Freud, el duelo, la figura materna y los grandes peligros que me acechan. La una se dedica a disfrutar del mundo y la otra a sufrirlo y analizarlo.

—¿Te has fijado en que desde que sale con un cubano va vestida de cubana? —me susurra Sofía.

—Es cierto...

Elisa lleva una falda muy corta con vuelo de color blanco, una chanclas de tacón y una camisa de topos rojos. La larga melena oscura y ondulada suel-

43

ta y las uñas de los pies pintadas de rojo. Se la ve feliz y pizpireta como una niña de cinco años. Todos parecemos más jóvenes cuando somos felices, pero en el caso de Elisa puede pasar de cinco a cinco mil años en dos minutos, casi nunca está en medio, será una anciana con cara de ardilla lista, pienso, mientras ella sigue hablando con la seriedad de una locutora de telediario.

–Con el trasero que tiene, sólo era una cuestión de tiempo que saliera con un cubano –añade Sofía en voz baja.

El problema, me digo, es que bajo o más bien encima de ese hermoso culo cubano hay una mente brillante y superanalítica de filósofo existencialista francés que nunca descansa, lo cual le complica un poco la vida. La pobre siempre está haciendo equilibrios entre el culo cubano y la cabeza filosófica francesa.

–Deberías venirte con el cubano –le digo cuando ha acabado.

–Se llama Damián. Te lo he dicho mil veces –dice.

–¡Ah, sí! Damián, Damián, Damián. Se me olvida cada vez. Perdona. Pero, después de todo, es cubano, ¿no? Y es el único que conozco.

Elisa me mira muy seria, sin decir nada. Las relaciones con mis amigas, siempre muy apasionadas y bastante conflictivas, se apaciguaron durante la larga enfermedad de mi madre. Me pregunto cuánto tiempo tardarán en volver a la normalidad.

–¡Oh, sí! ¡Venid, venid! –exclama Sofía–. Por cierto, ¿qué tal te va con Damián? ¿Estás contenta?

–Sí. Pero es muy exigente sexualmente. La verdad es que estoy agotada –responde Elisa.

Elisa es capaz de convertir cualquier tema, incluso el sexo con un novio nuevo, en algo sesudo e intelectual. Sofía, en cambio, lo convierte todo en algo frívolo y festivo que gira a su alrededor. Cada uno de nosotros tiene un tema principal, un hilo conductor, un estribillo, un perfume propio que lo envuelve, una música de fondo que lo acompaña siempre, inalterable, silenciada a veces, pero persistente e inevitable.

–¿Y quién más va a subir? –pregunta Sofía.

–Déjame pensar. ¡Ah, sí! Mis dos ex maridos.

–¿Qué? –exclaman las dos a la vez.

–¿Vas a ir con tus dos ex maridos a Cadaqués? Estás de broma, ¿no? ¿Tú crees que es normal? –dice Elisa.

–No sé si es normal. Pero sois vosotras las que os pasáis el día repitiéndome que no puedo estar sola, que tengo que estar rodeada de la gente que me quiere. Pues creo que Óscar y Guillem me quieren.

–A mí me parece muy bien –exclama Sofía–. La normalidad es un asco. ¡Brindemos por los anormales!

–¡Por los anormales! –exclamo, y nos abrazamos.

En cuanto Sofía se toma dos copas de más, empieza a besar y a declarar amor eterno a la persona que esté más cerca de ella.

45

–Y también subirá Santi. Con su familia –añado.

Esta vez, hasta Sofía me mira con cara de incredulidad.

–Será divertidísimo, ya veréis.

Las dos me miran con ojos como platos. Me echo a reír.

# 6

Emprendemos el viaje a Cadaqués, que es siempre como una expedición. En el asiento de atrás van los tres niños, Edgar, Nico y Daniel, el hijo de Sofía, junto a Úrsula, la canguro. Yo conduzco y Sofía hace de copiloto. Me sigue pareciendo raro y un poco absurdo que sea yo la que está al mando de todo esto, la que decide a qué hora nos vamos, la que le da las instrucciones a Úrsula, la que elige la ropa que se llevan los chicos, la que conduce el coche. En cualquier momento, pienso, mientras observo por el retrovisor a los niños que ríen y pelean a la vez, voy a ser desenmascarada y enviada con ellos al asiento de atrás. Soy un fraude de adulto, todos mis esfuerzos por salir del patio de recreo son estrepitosos fracasos, siento exactamente como sentía con seis años, veo lo mismo, el perrito saltarín cuya cabeza aparece y desaparece por la ventana de unos bajos, el abuelo dando la mano a su nieto, los hombres guapos con el radar encendido, el reflejo de mis pulseras tintineantes cuando atrapan algún rayo de sol, los ancianos solitarios, las parejas que se besan apasionadamente, los mendigos, las viejas suicidas y desafiantes que cruzan por la mitad de la calle a paso de tortuga, los árboles. Todos vemos cosas distintas, todos vemos siempre lo mismo, y lo que vemos nos define absolutamente. Y amamos instintivamente a los que ven lo mismo que nosotros, y les reconocemos al instante. Coloca a un hombre en medio de una calle y pregúntale: «¿Qué ves?» Y en su respuesta estará todo, como en un cuento de hadas. Lo que pensamos no es tan importante, es lo que vemos lo que cuenta. Entregaría sin dudarlo mi patética corona de adulto de cartón piedra, que llevo con tan poca gracia, y que cada dos por tres se me cae al suelo y se escapa rodando calle abajo, por volver al asiento de atrás del coche de mi madre, apretujada entre mi hermano Bruno, Marisa, la canguro, Elenita, su hija, que siempre venía de vacaciones con nosotros, Safo y Corina, nuestros dos perros salchicha, y Lali, el caniche gigante de Marisa, una perra pulgosa, torpe y alocada, que detestaba Cadaqués y a nuestros refinados teckels.

—Chicos, ¿qué os parecería si comprásemos una mesa de ping-pong para el garaje de Cadaqués?

Todos asienten con entusiasmo.

—Pero hay que ir con mucho cuidado con los perros y las mesas de ping-pong, ¿eh?

–¿Por qué? ¿Por qué? –preguntan a la vez Nico y Daniel. Edgar, como buen adolescente, juguetea con su móvil y no dice nada, pero noto que está atento, está siempre atento.

Entonces, les cuento que a Lali, la perrita psicópata de Marisa, cuando estaba en Cadaqués, le daban, de repente, arrebatos de locura y se abalanzaba escaleras abajo como un rayo, mientras Elenita, Marisa y yo la perseguíamos gritando e intentando atraparla. Entonces, cuando ya estaba a punto de llegar al garaje, se lanzaba por el hueco de la escalera, que tenía unos cuatro metros de altura, y aterrizaba sobre la mesa de ping-pong, donde jugaban tranquilamente mi hermano y sus amigos. Los pobres niños se pegaban un susto de muerte al ver estamparse a un perro negro gigantesco sobre la mesa y huían despavoridos, ante la furia de Bruno, que, a medida que avanzaba el verano, se iba quedando sin amigos con quienes jugar al ping-pong y que, además, estaba convencido de que era yo la que había enseñado a Lali a tirarse encima de la mesa a propósito para fastidiarle.

–Seguro que era verdad –dice Edgar, mirándome de reojo–. Ya te lo decía la abuelita: «Eres mala, Blanca, eres mala.»

–La abuelita jamás dijo eso –miento.

–Lo decía cada vez que te veía.

–Era broma. La abuelita me adoraba.

–Ya, ya.

La abuelita estaba asustada, la mujer sin miedo

empezó a vivir con él al sentir que le fallaban las fuerzas, la cabeza, los amigos, la corte de gente que siempre la había rodeado («¿Sabes una de las cosas más duras de hacerse viejo?», me dijo un día. «Darse cuenta de que lo que explicas ya no le interesa a nadie»), al ver que se acababa el tiempo, que se acababa todo menos sus ganas furiosas de vivir. La abuelita nunca se daba por vencida, peleaba todas las batallas y estaba acostumbrada a ganarlas. Creo que sólo reconoció que la partida estaba perdida el último día. Sentada en la cama del último hospital, que sigo visitando en mis pesadillas (aunque no tan a menudo como la residencia de ancianos donde pasó los dos meses anteriores y donde entendí que las películas de muertos vivientes eran absolutamente realistas y que sus directores no habían inventado nada), le dije que no se preocupara, que era la tercera pulmonía que tenía, que se pondría bien. Y también le dije que yo estaría bien, que los niños estarían bien, que todo estaba en orden. Me miró y sin decir nada, ya no podía hablar −no sé qué tipo de moribundo está de humor para pronunciar una última frase, los muy preocupados por la posteridad supongo, o tal vez todo ese rollo de las últimas frases no sea más que otra pamplina−, empezó a llorar, sin ruido, sin mover un solo músculo de la cara, mirándome fijamente. Ana, su mejor amiga, que estaba en la habitación en ese momento, dijo, para protegerme supongo, que debía de ser el aire acondicionado que le irritaba los ojos,

50

pero sé que me estabas diciendo adiós. Yo no derramé ni una lágrima, te apreté la mano suavemente y te dije de nuevo que estuvieses tranquila, que todos estaríamos bien. Unos meses antes, cuando tu muerte era todavía algo impensable para mí, y lo sigue siendo, estábamos en tu casa charlando y, de repente, como quien dice «necesito pasta de dientes», sin mirarme, de pie, mientras ibas a buscar algo al baño, me dijiste «ha sido un honor conocerte». Te lo hice repetir dos veces, por aquel entonces nuestro amor se había vuelto ya muy doloroso, pensaba que tú no me querías y no sabía si yo te seguía queriendo a ti. Entonces, me eché a reír y te dije que no dijeras tonterías, y al cabo de dos minutos ya estábamos peleando de nuevo. Ahora creo que ya sabías que la época de los puntos suspensivos, que tanto detestabas, había llegado a su fin. Empezaban los puntos finales, como puñales, como bombonas de oxígeno.

En el carril contiguo, Elisa, que ha subido con Damián en su propio coche, nos saluda alegremente con la mano. Los miro con cierta envidia, supongo que estarán escuchando música –la música que ellos quieren, no la que quieren los niños– y charlando o pensando en sus cosas. Imagino también que Elisa, que no tiene hijos, sí que ha podido ducharse sola, o con Damián, sin que entraran en el baño el niño y su risueña canguro para preguntar dónde estaba el disfraz de chino mandarín, ya que era imprescindible llevárselo a Cadaqués porque, en Cadaqués, o se iba

51

vestido de chino mandarín o más valía no ir. «Y punto pelota», ha añadido Nico. «Estoy desnuda en la ducha, lo veis, ¿no? Largo de aquí.» Nico ha protestado y Úrsula se ha echado a reír, que es su técnica para afrontar cualquier situación. A mi segundo ex marido le sacaba de quicio, a mí siempre me ha hecho gracia. «La ligereza es una forma de elegancia», decía yo, «vivir con ligereza y alegría es dificilísimo.» «Tú confundes la ligereza con el pasotismo, Blanquita. A ti te toma el pelo todo el mundo.»

Para que el viaje no se haga tan largo, hemos decidido parar a comer a medio camino en casa de Tom. Tom, el padre de Daniel, fue pareja de Sofía cuando eran muy jóvenes y siguieron siendo amigos después de que se acabara la relación, así que cuando Sofía vio que se acercaba sola a la edad en la que tener un hijo iba a ser cada vez más complicado, decidió ir a verle y pedirle que le hiciese uno. Y Tom, que entre tanto se había casado, había tenido dos hijas y se había separado, accedió, dejando muy claro que, si bien estaba dispuesto a que el niño llevara su apellido y a verle de vez en cuando, el hijo iba a ser de Sofía y sólo de Sofía, ya que él ya tenía dos hijas de las que se ocupaba activamente y no quería más. Sofía aceptó el trato, agradecida y consciente del regalo que le estaba haciendo, y Tom continuó con su vida.

Vive en una casa destartalada en medio de un inmenso terreno, que dedica a la recogida de perros y a la cría de beagles. Si yo fuese otra persona, uno de mis sueños sería vivir en el campo rodeada de animales, pero si no tengo cerca un cine, un supermercado abierto las veinticuatro horas y un montón de desconocidos, me angustio. Aun así, la perspectiva de ir a ver una manada de cachorros me hace tanta ilusión como a los niños. Y el hecho de haber dejado atrás la carretera de Cadaqués, que dentro de un rato retomaremos, ha sido un alivio inesperado. Me duelen todos los caminos recorridos con mi madre; la muerte, tan cabrona, nos expulsa de todas partes. Tal vez deberíamos quedarnos un cachorrito de beagle, pienso mientras recorremos el largo camino de tierra, tranquilo y solitario, que conduce a la casa de Tom. En la entrada, un cartelito polvoriento con unos perros saltarines de color verde anuncia:«Villa Beagle». Llamamos al timbre y no sale nadie. Los niños se encaraman a la alambrada y empiezan a gritar: «¡Tom, Tom!» Se oyen unos ladridos a lo lejos y, de repente, aparece una jauría de perros de todas la edades, razas y condiciones, trotando hacia nosotros. La visión de estos animales, inventados y domesticados por nosotros, y acostumbrados a vivir confinados en pisos, disfrutando, aunque sea momentáneamente, de su libertad, siempre me pone de buen humor. El goce sin filtrar de correr al sol, las orejas al viento, la lengua fuera, la cola frenética. La felicidad de estar vivo, sin más, de aceptar el regalo sin hacer preguntas. Los perros se arremolinan al otro lado de la valla y los niños chillan, incapaces de contener la excitación. Detrás de los perros, vemos acercarse sonriendo a dos chicos. Caminan a grandes zancadas relajadas, como si se estuviesen abriendo paso a través de un campo de trigo alto, llevan vaqueros gastados, tienen ojos de sueño, las siluetas elásticas de la juventud y la mirada levemente socarrona de los gamberros de la clase, de los que han pasado mucho tiempo en la calle. Observo divertida, y un poco envidiosa, cómo se van pasando un porro discretamente mientras llaman a cada uno de los perros por su nombre y juguetean con ellos. Abren la verja para que entremos y nos dicen que Tom está en la casa, que se acaba de despertar y que ahora viene. Los perros nos saludan alegremente con saltos, lametazos y algún ladrido, reprimido inmediatamente por los dos chicos. Los niños, que nunca habían visto a tantos perros juntos, después de unos minutos de indecisión se lanzan a correr por el campo, riendo y gritando, con los perros dando brincos detrás. Hay uno, sin embargo, que no se mueve de mi lado, un animal viejo y despeluchado que recuerda vagamente a un pastor alemán. Es el primero al que he visto, iba a la cola del grupo, un poco apartado, con aire cansado y triste. Y me ha visto verle y se ha acercado. Cualquiera que haya tenido perro sabe que son los perros los que nos eligen, no nosotros a ellos. Es un reconocimiento parecido al que se da, a veces, pocas, entre dos personas, mudo, veloz, indiscutible. Pero en los perros dura toda la vida. Le acaricio la cabeza

54

y cada vez que intento retirar la mano, acerca su morro a mi pierna y me da pequeños empujones reclamando más mimos.

—¿Cómo se llama? —le pregunto a uno de los chicos.

—Rey.

—Claro. Supongo que en algún momento de su vida, para alguien, fue un rey.

El joven larguirucho me sonríe y, sin preguntar, me pasa el porro.

—Su dueña murió de cáncer hace unos meses y se ha quedado aquí.

Me agacho y le acaricio de nuevo la cabeza.

—Yo creo que sigues siendo un rey. ¿Sabes? Se te nota a la legua. Te has quedado solo, ¿eh? Vaya, vaya. Es una putada, ¿verdad?

Le doy unas palmaditas en el lomo, tiene el pelo recio y duro, un poco rasposo, negro, con la tripa y las extremidades de un rubio rojizo. La mirada profunda, seria y velada de los perros viejos, de los hombres enfermos. Si te gustan las personas, es imposible que no te gusten los perros.

A lo lejos, Edgar inspecciona con aires de terrateniente las higueras que bordean el prado, cargadas de frutos a punto de estallar. Pienso que nunca será tan adulto, tan consciente de todo, tan serio, tan bondadoso, tan discreto, tan parco en palabras, tan sensible y responsable, como lo es ahora, con trece años, y que yo, desde luego, nunca le alcanzaré. Tal

55

vez el sentimiento más elevado que se pueda sentir por otra persona sea el respeto, más que el amor o la adoración. Damián se me acerca y me pide en voz baja que le pase el porro disimuladamente ya que a Elisa no le gusta que fume, y Sofía empieza a coquetear con el otro joven cuidador de perros, que resulta ser rumano y que apenas habla castellano. Roger, el que habla conmigo, es catalán y, mientras fumamos, me explica que no sólo tienen a perros abandonados, que también ofrecen servicio de hotel para la gente que se marcha de viaje o de vacaciones y que no tiene con quién dejar a su perro. En ese momento aparece Tom. Se nota que se ha vestido a toda prisa, lleva unos pantalones rotos.

–Se te ve el culo –le saluda Sofía.

Se palpa la parte trasera del pantalón y se echa a reír. Habla castellano como un niño bien de Barcelona y catalán como un payés del Empordà. Tiene el pelo color miel, los ojos azules y románticos de su madre inglesa y la rotundidad propia de algunos hombres del sur, el cuerpo cuadrado, fuerte y barrigón, las manos cortas y gruesas, la piel morena resquebrajada por el sol. Es directo y mira siempre a los ojos, supongo que lo ha aprendido de los perros. Ríe con facilidad, es expeditivo y sabe mandar. Le gustan los animales, las mujeres, el póquer y la marihuana. Según Sofía, detrás del terreno de los perros, tiene una plantación de varios kilómetros, que le sirve, entre otras cosas, para mantener el refugio de animales.

Decidimos ir a ver los cachorros antes de comer. Cruzamos un campo de higueras y olivos y llegamos a un edificio largo y bajo dividido en pequeños cubículos, algunos son exteriores y están llenos de cachorros que saltan y corretean como locos en cuanto nos oyen llegar, y otros, los de los recién nacidos, dan a un patio interior en penumbra, son más frescos y tranquilos, y están alejados del bullicio de los perros mayores. Flota en el ambiente algo de la solemnidad y del estupor que provoca siempre cualquier alumbramiento, humano o animal. La sensación, falsa, claro, de estar a punto de poder rozar con la punta de los dedos el principio de todo, la bienaventuranza. Los niños lo perciben, el agotamiento, la entrega y el abandono de las hembras recién paridas, la desorientación y fragilidad de los cachorros ciegos y feos como ratones calvos, el nauseabundo olor a vida, y guardan silencio sin atreverse a entrar. Me piden que nos llevemos uno de los cachorros mayores. Pienso en quedarme una perrita y llamarla como tú, y acto seguido pienso que es una idea típica de la marihuana y que no hubiese debido fumar en ayunas. Les digo que se lo pidan a los Reyes Magos.

Vamos a almorzar a un hotelito de carretera, un lugar apacible y sencillo, sin ninguna pretensión estética, en el que se come muy bien, comida casera como la que nunca hubo en casa. Según me contaste una vez, cuando se acabó la etapa de los biberones y las papillas, fuiste a ver a nuestro pediatra, que era

57

una gran eminencia, un sabio atractivo e imponente que a mí me aterraba –recuerdo que una vez me echó de la consulta por llorar–, para hablar de nutrición infantil y contarle que no habías puesto un pie en la cocina en tu vida y que no tenías la menor intención de hacerlo. El doctor Sauleda te dijo que no te preocuparas, que en principio, si había leche o productos lácteos en la nevera, algo de fruta, galletas y tal vez un poco de jamón en dulce, todo iría bien. Así que antes de llegar a la pubertad ya éramos unos expertos en quesos franceses, ya sabíamos lo importante que es tener siempre, por si acaso, una botella de champán francés en la nevera y nos parecía lo más normal del mundo que, algunas noches, la cena consistiese únicamente en una tarta de Sacha, nuestra pastelería favorita. En casa, la cocina se utilizaba sólo para calentar comida cuando teníamos invitados y para que la chica preparase el repugnante arroz hervido con hígado que tanto les gustaba a tus perros antes de que fuesen obligados, junto al resto de la humanidad perruna, a alimentarse únicamente de pienso. En cualquier caso, el doctor Sauleda debía de tener razón ya que crecimos altos, fuertes y sanos, y nos convertimos en dos jóvenes bastante atractivos y refinados que consideraban –en mí caso sigue siendo así– que no había nada tan exótico y suculento como la comida casera y que, cuando eran invitados a casa de sus amigos, ante la mirada atónita y halagada de la anfitriona, se lanzaban sobre las lentejas, el arroz a la cubana o los macarrones como si fuesen los manjares más deliciosos del mundo.

Al acabar de comer, los niños y Úrsula se zambullen en la piscina mientras nosotros salimos a tomar el café a la terraza. Inmediatamente nos traen una botella de ratafía con unos vasitos para que nos vayamos sirviendo nosotros mismos. Tom es un habitual del lugar y tiene sus costumbres. Nos cuenta que está a punto de participar en un importante torneo de póquer.

–A mi madre le encantaba jugar al póquer –digo.

–¡Ah! –responde él–, pues dile que venga.

Que alguien no sepa que mi madre ha muerto me parece tan inverosímil como que alguien no sepa que la tierra es redonda.

–Está muerta. Murió hace treinta y cuatro días.

Me mira sorprendido y serio. Tengo ganas de echarme a reír y de decirle: «¡Es broma, hombre! Te estoy tomando el pelo. Mi madre está perfectamente, tan insoportable como siempre.»

–Vaya, lo siento, no lo sabía.

–Intentó enseñarme a jugar al póquer un millón de veces.

–Bueno, tal vez podría enseñarte yo.

–Sí, eso sería genial.

Tom acaba de separarse de su novia –según Sofía, una loquita esotérica que vive en las montañas– y tiene el radar encendido. Hay hombres que no tienen radar sexual, o que apenas lo usan, sólo cuando lo necesitan, y luego lo apagan. Y hay otros que lo tienen encendido permanentemente, incluso cuando duermen, en la cola del supermercado, delante de una pantalla de ordenador, en la sala de espera del dentista, dando vueltas enloquecido, emitiendo y recibiendo hondas. La civilización subsiste gracias a los primeros, el mundo gracias a los segundos.

–¿Por qué no vamos al cine? –propone, de repente, Sofía.

Hemos bebido bastante y a todos nos parece una buena idea no retomar el coche hasta dentro de un rato.

–Sí, sí, vamos –dice Tom. Y dirigiéndose a mí–: Nos podemos sentar juntos y hacer manitas.

Nos reímos. Y aunque a pesar de gustarme no me gusta, empiezo a coquetear con él. Y siento cómo la miel empieza a derramarse, líquida y solar, como dos niños a punto de robar una bolsa de golosinas y de salir disparados de la tienda, muertos de risa y de miedo. No es la miel espesa y lenta y oscura por la que estaríamos dispuestos a ir al infierno, pero a fin de cuentas es miel, el antídoto contra la muerte. Desde tu muerte, y desde antes, tengo la sensación de que lo único que hago es ir rapiñando amor, hacerme con la menor migaja que encuentro por el camino, como si fuesen pepitas de oro. Estoy totalmente arruinada y necesito que me desvalijen. Incluso la sonrisa de la chica del supermercado, el guiño de un desconocido por la calle, una conversación banal con el tío del quiosco, todo me sirve, todo lo apuro, nada es suficiente, nada sirve para nada.

La película cuenta la historia de un niño cuyo perro muere atropellado por un coche para ser posteriormente resucitado por su joven amo, volver a morir y ser revivido una última vez. Nos sentamos en dos filas, los adultos delante y los niños y Úrsula detrás. Tom me coge la mano y pasamos toda la película así, con las manos entrelazadas, en algún momento me la besa muy discretamente y me roza el cuello con los labios. Apoyo la cabeza sobre su hombro y cierro los ojos durante unos segundos. Me acaricia la rodilla, me dejo hacer, resulta muy agradable pero no electrizante. Tal vez sea necesario desear un mínimo las cosas antes de conseguirlas. Los dos nos emocionamos con el final de la película y los dos fingimos disimularlo. Es lo más civilizado que he hecho con un hombre en muchísimo tiempo. Los niños lo pasan pipa y ahora desean un perro más que nunca. Cuando empieza a caer la tarde, regresamos a casa de Tom, Edgar pide permiso para recoger algunos higos maduros, los perros abandonados corretean por el prado pisoteando los últimos rayos de sol que se filtran entre los árboles y las nubes. Rey se acerca a saludarme con parsimonia, viejo monarca pulgoso y destronado.

–¿Por qué no te lo quedas? –me pregunta Tom–. Es un buen perro. Y le gustas. No me extraña.

–Él también me gusta a mí. Pero no sé, había

pensado que tal vez, para los niños, sería mejor un cachorro. Ninguno de los perros con los que he convivido ha sido realmente mío, o eran de mi madre o eran de mi pareja. Mi madre decía que yo era incapaz de ocuparme de un perro. Admiro mucho la labor que haces aquí, habría que meter en la cárcel a los desalmados que abandonan a sus perros.

–Gracias. Bueno, si algún día quieres, ya sabes dónde está.

Antes de marcharnos, nos da una bolsa de plástico enrollada sobre sí misma y atada con muchos nudos, Sofía la abre, se echa a reír y me la enseña.

–¡Así que lo de la plantación de maría era verdad!

–He pensado que os irá bien para las vacaciones. Hasta pronto.

Llegamos a Cadaqués tardísimo y cargamos a los niños adormilados hasta sus camas. Dejo a mis amigos con un gin tónic en la terraza y me voy a dormir. Antes de acostarme, veo que tengo una llamada perdida de Tom. No se la devuelvo, está buscando a alguien, pero no a mí. Me abrazo a la almohada. Pido, aunque ya sé que no me será concedida, una noche tranquila. Tengo un aullido en mi interior, normalmente, durante el día, me deja tranquila, pero por la noche, cuando me tumbo en la cama e intento dormir, él se despierta y empieza a merodear como un gato furioso, me araña el pecho, me crispa la mandíbula, me golpea las sienes. Para calmarlo, a veces abro la boca y finjo gritar en silencio, pero no logro engañarlo, sigue ahí, enloquecido, intentando romperme. El amanecer, los niños, el pudor y los quehaceres cotidianos lo enmudecen y amansan durante unas horas, pero luego, al caer la noche y quedarme sola, llega puntualmente a nuestra cita. Cierro los ojos con fuerza. Los abro. Aquí está de nuevo.

## 7

Al día siguiente, me despierto muy temprano y subo a la terraza a ver el mar. Los recuerdos se amontonan formando un manto compacto que, por una vez, no me ahoga. Supongo que una casa familiar es esto, un lugar por el que ha pasado todo el mundo y en el que todo ha sucedido. La vida, nuestra vida, tan afortunada. Mi abuelo llegando con cajones de fruta de Barcelona, la Remei llevándose la ropa sucia para lavarla, los tocinillos de cielo gigantes que nos hacía la Pepita de la Galiota y traía a casa en un bandeja, el gazpacho de Marisa, los desayunos eternos de pan tostado con mantequilla, las toallas de colores de la playa secándose en la barandilla, las siestas a regañadientes, vestirse para salir al pueblo, los helados de la tarde, el tiro al blanco. Y las primeras borracheras, los primeros amores y los primeros amaneceres, las drogas –deslizarse por un mar de seda después de haberse tomado un ácido, los personajes de los cuadros del salón cobrando vida y convirtiéndose en monstruos, bailar al amanecer con una amiga en la plaza desierta y chocar contra un árbol–, los amigos de cada verano, las noches en vela, las risas locas, la emoción de no saber nunca lo que ocurriría, la certeza inapelable de que el mundo nos pertenecía. Y cuando aprendí a tener novio, los novios. Y la concepción de mi primer hijo. Y las subidas a Cadaqués con niños. Y los niños abriéndose la cabeza con la picuda arquitectura de los años setenta, como le ocurría cada verano a mi hermano, veinte años antes. Y las separaciones. Tu vejez, cuando las puertas de la casa, que hasta entonces habían estado abiertas de par en par para todo el mundo –recuerdo que no las cerrábamos ni por la noche–, empezaron a cerrarse, empujadas por un vendaval invisible. Y cuando la felicidad, poco a poco, dejó de ser lo que era, a pesar de que la rutina de desayunos, barca, almuerzos, siestas y partidas de cartas casi no se alterara. Y ver a mis compañeros de parranda con hijos y con la mirada cansada; de joven, aunque estés agotado, no tienes nunca la mirada cansada, ahora hay días que apenas puedo levantarla del suelo. Y la muerte de Marisa. Y la de Elenita, su hija, un par de años más tarde. Y sentirme obligada a subir a Cadaqués a pasar unos días contigo aunque ya no me apeteciera mucho, y luego, nada. Y ver la casa envejecer contigo, quedarse sola y, finalmente, convertirse en ti. Y sin embargo la luz rosada y blanca de la mañana, el aire diáfano y el mar reluciente y tranquilo desmienten todas las tragedias del mundo y se empeñan en afirmar que somos felices y que lo tenemos todo. Si no mirase atrás, casi parecería que la vida está empezando, tan idéntico es el paisaje al de mis veinte años. Levanto la vista hacia tu habitación, la más amplia y bonita de la casa, la que tiene mejores vistas. A veces, te apostabas en la parte superior de las escaleras con una de tus largas y zarrapastrosas túnicas de verano –que te compraban las chicas en el mercadillo, ni siquiera te dignabas a irlas a comprar o a elegirlas tú, tan convencida estabas de que la elegancia es un asunto mental, no estético– y tu pelo de ceniza enloquecido y desde allí, como un general liderando a sus tropas, dabas las instrucciones del día. Y, a veces, estábamos charlando tranquilamente en la terraza, balanceándonos en las hamacas, y de repente metías baza en la conversación desde tu cuarto con algún comentario gracioso o malévolo. Hoy tu cuarto no lo ocupa nadie, tal vez instale allí a Guillem con Patum, yo no puedo ni entrar. Huyo de la casa antes de que se despierten los demás, necesito un café y me gustaría ir al cementerio. El pueblo está lleno de veraneantes, pero, a estas horas, parece tranquilo, los más madrugadores compran el pan y el periódico y planifican el almuerzo antes de salir a navegar o de ponerse a hacer deberes con sus hijos. Mañanas en las que lo más importante es decidir lo que se va a comer al mediodía y embadurnar a los niños de crema solar. Casi no hay gente joven por la calle a estas horas. Supongo que duermen. Lo que más echo de menos de la juventud es la forma de dormir a pierna suelta. Ahora me meto en la cama como si me metiese en un ataúd. Algunos días, para no tener que enfrentarme con ella, me quedo dormida, hecha un ovillo, en el sofá. Conseguir sexo es relativamente fácil, conseguir que alguien te abrace durante toda la noche es otra historia, y ni siquiera eso garantiza un sueño plácido; hay hombres incomodísimos. La cálida brisa de la mañana hace que el vestido de seda como papel de fumar que llevo, flote sobre mi piel. Conseguir no pesar y que nada pese, la tristeza hace que todo pese dos toneladas. En el quiosco de la plaza, al que voy desde niña, me dan el pésame, otra vez, con discreción, casi con vergüenza. Siempre agradezco que no se haga un espectáculo de la pena, ni de la solidaridad, no hacerlo con el amor es más difícil, hay algo fluorescente en las parejas de amantes, como si estuviesen en el centro justo de un remolino, como si ningún viento las pudiese arrastrar, nunca somos tan poderosos como cuando estamos enamorados y somos correspondidos, y esa experiencia pone el listón tan alto que, en mi caso al menos, sólo el breve chispazo del sexo puede servir de sustituto, el amor de baja intensidad no sirve porque no existe. Por el paseo, me cruzo con Joan, el alcalde, lleva unas bermudas azul marino y una camisa blanca impoluta, está moreno y siempre parece contento. Nos conocemos desde que éramos pequeños y fue amabilísimo cuando le escribí para decirle que te gustaría ser enterrada aquí. Me dijo que sí, que se podía arreglar, y que mientras haya vida, nada está perdido. Yo ya sabía que todo estaba perdido, pero le agradecí sus palabras y su ayuda. Creo que estás enterrada en uno de los lugares más bonitos del mundo, algún día, pronto, ahora que, desde mi buena salud y desde mis cuarenta años, todavía puedo mirar a mi muerte a la cara, me compraré el nicho contiguo al tuyo, se ve el amanecer desde allí, no hará falta ni que nos levantemos. Joan es guapo, educado y seductor. Tal vez un poco demasiado atractivo para ser político. Siempre que le veo, le pregunto si es realmente el alcalde de Cadaqués. Se troncha de risa. Los caminos del coqueteo son inescrutables. Me parece incongruente y extraordinario que un amigo mío sea alcalde, como si todo el mundo tuviese que seguir conmigo en el patio de la escuela, saltando a la comba y mirando a las nubes. Mi padre decía que ser alcalde de Cadaqués debía de ser el mejor trabajo del mundo, aunque yo nunca se lo oí decir, me lo contaste tú. Tampoco recuerdo haber estado nunca con él en Cadaqués, os separasteis cuando éramos muy pequeños. Muchas de las cosas que sé de él las sé por ti. Recuerdo un día, en la penúltima residencia en la que estuviste, de la que te expulsaron por mal comportamiento; en realidad, era mucho más que eso, el Parkinson te estaba devorando el cerebro y fue como un dique que se abre, el resto, sin el control de tu extraordinaria cabeza, empezó a inundarse. La realidad era que estabas ya demasiado enferma para vivir en aquel apartotel de lujo para gente mayor, aunque te empeñases, furiosa y desesperada, pero sobre todo furiosa, en que no era así. Intenté hablar contigo y pedirte que entraras en razón, que entregases las armas, que dejases de rechazar nuestra ayuda, que si aquél era el final, lo hiciésemos bien, como siempre habíamos dicho que sería, con dignidad, con calma, en paz. Y puse como ejemplo a mi padre y su entereza ante la enfermedad y la muerte. Me habían –me habías– contado que, ya muy enfermo, un día, en el hospital, dijo: «Considerando que la vida es una putada, la mía ha estado muy bien.» Y tú, mirándome entre tinieblas, me dijiste: «La muerte de tu padre no fue así, no fue como tú piensas.»

No tuve valor para preguntarte cómo había sido y tú no añadiste nada más, dejaste aquella frase envenenada flotando entre nosotras, me la clavaste, no sé si en un arranque de lucidez o de locura. No sabré nunca, y no quiero saberlo, si papá murió gritando, aterrado, o con la dignidad heroica que a mí, pequeña niña estúpida, me ayudó a vivir durante tantos años.

Entro en el Marítim para desayunar y, de repente, veo, en una de las mesas de los habituales –los turistas se sientan al borde de la playa, la gente de toda la vida en las mesas pegadas a la cristalera, las más protegidas del viento, las que te permiten ver quién entra y quién sale–, al misterioso hombre guapo de tu funeral. Le reconozco al instante, la cabeza grande y poderosa, la mirada viva y rápida y un poco jocosa, la barba castaña, el pelo más rubio, abundante y revuelto, la nariz grande, los labios gruesos camuflados por la barba, el cuerpo largo y delgado pero fuerte. Está leyendo el periódico, levanta la vista al sentir que alguien se acerca. Se me escapa una sonrisa y los dos apartamos rápidamente la mirada. De todos modos, no tengo demasiadas ganas de otro pésame, ni de imponer mi tristeza y mi cansancio a un desconocido. Y, sin embargo, me siento muy erguida, me quito las gafas de sol y me subo un poco la falda del vestido. Creo que comparto con la mayoría de las mujeres del planeta, y tal vez con el Papa y con algún otro líder religioso, la idea loca de que el amor es lo único que nos salvará. Los tíos, y algunas tías listas, saben que el trabajo, la ambición, el esfuerzo y la curiosidad también nos salvan. En cualquier caso, creo que nadie puede vivir sin determinada dosis de amor y de contacto físico. Por debajo de cierto nivel, nos pudrimos. Las prostitutas son imprescindibles, debería haber prostitutas del amor, también. Si no fuese porque el amor es tan difícil de reproducir y de fingir, tan laborioso y largo y subterráneo. Tan ruinoso, también.

–¿Con quién estás coqueteando? –Sofía se sienta a mi lado y deja su enorme capazo de paja sobre una silla.

–¿Cómo sabes que estoy coqueteando?

–Tienes la postura erguida y sinuosa de cuando coqueteas. Y se te ven las bragas.

Me echo a reír.

–No es cierto. Y es un traje de baño.

–No, no, si me parece perfecto. –Y dirigiéndose al camarero, que va cargado con una bandeja llena de cruasanes y de tostadas con mantequilla–: ¿Me puede traer una caña, por favor? Pequeñita. –E indica un tamaño minúsculo con el índice y el pulgar–. Es que tengo un poco de resaca.

La miro de reojo, tan diminuta, con sus shorts de pinzas, su camiseta de rayas y sus gafas mariposa. El pelo oscuro, por los hombros, siempre impecable, que se lava y seca y plancha cada día, esté donde esté. La piel uniformemente morena. La boca perfecta con un diminuto lunar en el labio superior. Los ojos expresivos. El cuerpo delgado, nervudo y proporcionado.

–¿Recuerdas que te comenté que en el funeral había un hombre muy guapo al que no conocía?

–Sí, me acuerdo.

–Pues está aquí.

–¿Qué dices? –Mira a su alrededor con la discreción frenética de un ornitólogo al que le han dicho que está cruzando el cielo un ave extinta. Y sonríe–.

71

Ya sé quién es. El hombre de al lado de la cristalera. ¿Te conozco bien o no? Me echo a reír de nuevo.

–¿Cómo lo has adivinado?

–Era muy fácil. Tiene todos los elementos que te gustan: la nariz grande, el cuerpo fuerte pero delgado, la elegancia relajada de los que están bien en todas partes. La sencillez. El cabezón. La camiseta y las alpargatas viejas y descoloridas. Los vaqueros cortados. Nada que demostrar, ninguna señal externa de nada, ni pulseras, ni tatuajes, ni gorrito, ni reloj caro. Es tu tipo. Ve a decirle hola.

–Estás loca. Ni en broma, me moriría de vergüenza. Tal vez no se acuerde de mí. El día del funeral no estaba en mi mejor momento.

–¡Qué dices! Estabas guapísima, tenías una expresión triste y ensimismada que, de hecho, no se te ha quitado desde entonces.

–Se llama depresión –le contesto–. Me pregunto por qué estaba en el funeral y si conocía a mi madre.

–¡Ve a preguntárselo!

–No, no, es igual. Otro día.

–¿Cómo sabes que habrá otro día?

–Siempre hay otro día. Bueno, siempre no. Pero este tío seguro que vive aquí.

–Ya. Cobardica.

En ese momento, el guapo desconocido se levanta. Sofía me da un codazo y nos quedamos las dos calladas, mirándolo. Da unos pasos hacia la salida, se detiene, mira en nuestra dirección y hace un timidísimo gesto de adiós con la cabeza. Sofía se lo devuelve agitando la mano efusivamente, como si estuviese despidiendo a los pasajeros de un transatlántico gigante.

–Te aviso ya. Si no te lo ligas tú, me lo ligaré yo.

–Me parece perfecto.

En ese momento, llama Guillem para decirme que llegará al día siguiente. Sofía no ha coincidido nunca con él y tiene mucha curiosidad por conocerle. Me cuesta imaginar a dos personas más diferentes. Sofía, mundana, generosa, tolerante, honesta y transparente, tan entusiasta e infantil, apasionada y narcisista. Y Guillem, que es el hombre más socarrón, irónico y campechano que conozco. Con unos principios inamovibles y nula paciencia para las tonterías. Sofía es capaz de llamarme a primera hora de la mañana para decirme que no ha podido pegar ojo en toda la noche, porque está en una fase de máxima creatividad, en la que no deja de tener ideas para transformar y combinar la ropa de la temporada pasada, mientras que Guillem se viste casi únicamente con camisetas viejas de las que diseñan y venden sus alumnos del instituto para irse de viaje de fin de curso. Ella es diminuta y delicada como una muñeca china articulada y él, que cuando le conocí era tan delgado como lo es ahora nuestro hijo, se ha convertido en un hombre sólido y vigoroso, que es lo que siempre ha sido. Nuestro interior acaba atrapándonos siempre. Acabaremos siendo quienes somos, la belleza y la juventud sólo sirven para camuflarnos durante un tiempo. En ciertos momentos, creo que empiezo a entrever la cara que tendrán mis amigos, lo ignoro todo de la de mis hijos, es demasiado pronto, están inundados de la luz de la vida, reverberan, y apenas oso mirar la mía de reojo, de lejos. La tuya, mamá, desapareció detrás de la máscara que te puso la enfermedad. Me esfuerzo cada día en volver a verla, en atravesar los últimos años y encontrarme con tu mirada verdadera, antes de que se volviese de piedra. Es como ir con un martillo derribando muros. Ocurre lo mismo con la tristeza que, como finísimas capas de cristal crujiente, se va depositando sobre nosotros, nos va cubriendo poco a poco. Somos como el guisante del cuento, enterrado debajo de mil colchones, como una luz brillante que parpadea débilmente. Y, como en los cuentos, sólo el amor verdadero, y a veces ni siquiera eso, puede acabar con la pena. El tiempo la mitiga, como hace con nosotros, como un domador de circo.

Sofía apura su caña mientras Elisa, que acaba de llegar con Damián, decide lo que comeremos a la hora del almuerzo. Sofía propone ocuparse de la compra del vino, mientras yo, aprovechando que estoy de luto y que en la cuestión doméstica se espera de mí todavía menos que de costumbre, que ya es decir, decido ir a hacerme una pedicura. Iré al cementerio en otro momento, por la tarde, mañana.

Sólo hay una perfumería droguería en el pueblo.

Una tienda pequeña, justo delante del mar, llena de productos y de perfumes, con el encanto de lo pasado de moda, el leve olor marchito a polvos de talco y a rosa, y una diminuta cabina al final para los tratamientos de belleza. Me hace la pedicura una señora de mediana edad, más mediana que la mía, que me informa de que, además de esteticista, es bruja. Le digo que yo también. «Soy una bruja y soy bruja. Las dos cosas», añado. Se queda callada y me mira con cara de sospecha, entornando los ojos. No parece una bruja. Afortunadamente, va vestida como una mujer de provincias. Falda marrón hasta la rodilla, camisa blanca de manga corta con unas diminutas flores azul pastel, zuecos blancos de enfermera. Es rubia, va muy bien peinada y maquillada, un poco rechoncha y maternal. Aunque, últimamente, cualquier mujer mayor que yo me parece maternal y me da ganas de lanzarme a sus brazos.

Me tumbo en la camilla y me empieza a masajear los pies, cierro los ojos y respiro profundamente. Desde tu muerte, lo único que me alivia es el contacto físico, por muy fugaz o casual o leve que sea. He cerrado todos los libros, soy incapaz de utilizarlos como consuelo esta vez, me remiten demasiado a ti, a tu casa forrada de estanterías, a tu meticulosa limpieza anual de la biblioteca aspiradora en mano, a nuestras expediciones a Londres en busca de algún tesoro infantil ilustrado, a las horas sentadas juntas en la cama del hotel examinándolos, yo, más distraída, mientras iba y venía y hacía otras cosas, tú, absolutamente absorta, como una niña pequeña.

«Se puede saber si a alguien le gustan de verdad los libros por cómo los mira, por cómo los abre y los cierra, por cómo pasa sus páginas», decías. Como con los hombres, pensaba y, a veces, añadía yo. Y tú me mirabas, medio escandalizada, medio divertida, medio gran dama, medio mujer que no había perdido ni una sola oportunidad de divertirse en su vida, y te echabas a reír. Nunca fuimos una madre e hija confidentes que se lo contaran todo, nunca fuimos amigas, nunca compartimos intimidades, creo que siempre intentamos ser la versión más presentable de nosotras mismas frente a la otra. Recuerdo tu estupefacción el día que me dijiste que, tal vez, si no me venía la regla pronto, tendríamos que ir al médico, y que te contesté, tan tranquila, que hacía dos años que tenía la regla y que no te lo había dicho porque no era asunto tuyo. Íbamos en coche, frenaste de golpe, me miraste con la boca abierta unos segundos, aceleraste al oír los pitidos frenéticos de los otros coches, y ya no volvimos a hablar del tema nunca más.

Yo ya no puedo abrir un libro sin pensar en ti, con los hombres es distinto. Supe, instintivamente, desde muy joven, que esa parte de mi vida tenía que preservarla de ti o también la invadirías con tu egoísmo, tu generosidad, tu lucidez y tu amor. Me observaste enamorarme y desenamorarme, romperme la crisma y volver a ponerme en pie, desde una distancia prudencial, disfrutando mi felicidad y dejándome sufrir en paz, sin aspavientos ni demasiadas indicaciones. En parte consciente, supongo, de que el amor de mi vida eras tú y de que ningún otro amor huracanado podría con el tuyo. Después de todo, amamos como nos han amado en la infancia, y los amores posteriores suelen ser sólo una replica del primer amor. Te debo, pues, todos mis amores posteriores, incluido el amor salvaje y ciego que siento por mis hijos. Ya no puedo abrir un libro sin desear ver tu cara de calma y de concentración, sin saber que no la veré más y, lo que tal vez sea incluso más grave, que no me verá más. Nunca volveré a ser mirada por tus ojos. Cuando el mundo empieza a despoblarse de la gente que nos quiere, nos convertimos, poco a poco, al ritmo de las muertes, en desconocidos. Mi lugar en el mundo estaba en tu mirada y me parecía tan incontestable y perpetuo que nunca me molesté en averiguar cuál era. No está mal, he conseguido ser una niña hasta los cuarenta años, dos hijos, dos matrimonios, varias relaciones, varios pisos, varios trabajos, esperemos que sepa hacer la transición a adulto y que no me convierta directamente en una anciana. No me gusta ser huérfana, no estoy hecha para la tristeza. O tal vez sí, tal vez sea del tamaño exacto de la pena, tal vez sea ya el único vestido de mi talla.

–Percibo que hay un nudo en ti. Mucha tensión.

–me dice la bruja esteticista–. ¿Te puedo poner las manos encima del corazón?

Le digo que sí a regañadientes. En principio, mi pecho no es para que mujeres desconocidas de mediana edad pongan sus manos encima, por muy brujas que sean. Las deposita muy suavemente, siento su calor a través de la seda de mi vestido. Pero soy demasiado consciente de la intimidad de su gesto para poder relajarme. Al cabo de treinta segundos, las retira.

–Estás cerrada, dura como una piedra, como si tuvieses el corazón encerrado dentro de una jaula.

–Mi madre acaba de morir –le respondo.

–Ah, bueno. –Se queda muda, lo cual demuestra, sin ningún género de dudas, que es una impostora. Una bruja de verdad debería tener más recursos ante la muerte–. Bueno –añade por fin–; tengo unos aceites esenciales que sirven para abrir el corazón, los quemas por la noche, antes de irte a dormir...

–Lo siento, pero detesto los rollos esotéricos –la interrumpo, pensando que no hubiese debido dejar que me tocase las tetas–. No creo ni en la medicina natural, ni en la homeopatía, ni en nada de eso.

–¿Ni siquiera en las flores de Bach? –me pregunta, horrorizada, agarrándose con fuerza la crucecita de oro con un rubí diminuto en el centro que lleva colgada del cuello.

–Ni siquiera en eso.

Me mira con cara de pena, más compungida

porque no crea en sus esoterismos que por la muerte de mi madre.

—Es que mi abuelo era médico, cirujano, en mi casa sólo se creía en la ciencia —me disculpo. Acaba su trabajo en silencio. Me miro los pies, ya tengo las uñas en llamas. Al salir, la bruja esteticista me da dos frasquitos con aceites esenciales, «Te irán bien, ya verás. Cuídate». Pienso que se los daré a los niños para que hagan pociones mágicas. Ellos sí que saben.

8

Elisa aparece con una minifalda tejana, una camiseta de tirantes blanca y unas incongruentes sandalias plateadas. Está muy morena y lleva la melena, larga y vaporosa, suelta. Pienso con cierta envidia que se ha vestido para Damián. Es totalmente distinto vestirse para un hombre en particular que para todos los hombres en general, o para nadie, que es para quien me visto yo últimamente. De todos modos, la gente más elegante suele ser la que se viste para sí misma. No es alta y tiene un cuerpo bonito, delgado y femenino que gravita alrededor de su trasero. Siempre que le digo que me gustan sus manos, nervudas, finas y casi tan grandes como las mías a pesar de la diferencia de estatura, responde con humildad: «Son manos para hacer cosas.» Y es cierto, son manos prácticas y realistas, no son manos para descuartizar leones, como las de los hombres que me gustan, ni tampoco son manos para descuartizar almas, invocar a los dioses y llevar anillos antiguos, como las tuyas, aunque estoy segura de que también apaciguan la fiebre y espantan las pesadillas. Si no fuese por ella, no creo que comiésemos ningún día. Con tal de no cocinar, Sofía y yo somos capaces de alimentarnos de yogures, tostadas y vino blanco. Y nuestros hijos son tan sanos y fuertes que a veces creo que con regarlos un poco sería suficiente.

Tenemos una cena en casa de Carolina y Pep, a la que también asistirá Hugo, el mejor amigo de Pep, que está pasando unos días con ellos. Otro hombre con quien coquetear, pienso distraídamente mientras Elisa y Sofía hablan de zapatos.

En ese momento, sube Edgar, todo piernas y brazos dorados, largos y flexibles. Nico es todavía como un suculento cachorro, Edgar ya se está convirtiendo en ciervo. Camina cansina y lánguidamente, barriendo el aire, que es como camina en mi presencia desde que es adolescente, como si todos los sitios fuesen una pesadez, o como si ya los hubiese visitado un millón de veces antes. Habla igual, le da pereza acabar las palabras, contar, explicar, está en la vida y punto. Más o menos una vez al mes, le da por hablar durante dos horas seguidas y me cuenta sus aventuras del colegio, pero como ya casi ha perdido el don de la palabra, al menos conmigo, y habla atropelladamente a la vez que se troncha de risa y come, sus arrebatos de locuacidad suelen ocurrir a la hora de la cena; yo, a pesar de hacer un gran esfuerzo de concentración y de aguzar el oído al máximo, no entiendo casi nada de lo que me dice. Entonces, de repente, después de haber repetido cada historia tres veces, me mira, se da cuenta de que está hablando con su madre, me dice que estoy sorda como una tapia y se calla hasta el mes siguiente. La otra conversación tradicional que tenemos una vez al mes es la de la vida es maravillosa.

–¿Os dais cuenta de la suerte que tenemos? Mirad qué árboles tan bonitos. Mirad qué calle. Respirad hondo –les digo durante esos momentos de euforia vital que me asaltan de vez en cuando, gracias al vino, a los besos, o a mi propio cuerpo, cuya fortaleza física y últimas gotas de juventud, algunos días, son como un regalo.

Entonces, Edgar me mira con cara de circunstancias, mientras Nico hace un amago de respiración profunda, y me dice que ya lo saben, que ya se lo he dicho mil veces y que esa calle que hoy me parece tan espectacular es nuestra calle, por la que pasamos cuatro veces al día, que él lo que quiere es ir a Florencia, como le prometí hace dos años. Tú siempre le amenazabas con no ir a Egipto. «Si te portas mal, no iremos a Egipto», le decías. Al final, la revolución y tu enfermedad os impidieron ir. El último viaje que quisiste hacer era a Florencia. Cuando te dije que yo no estaba en condiciones de hacerme cargo de ti y de Edgar a la vez, que si te ponías mal, estando tan lejos, no sabía qué haríamos –en Barcelona, ya había empezado el baile de ambulancias y sillas de ruedas y excursiones de madrugada a urgencias– te enfadaste muchísimo y me acusaste de estropearlo siempre todo. Marisa quería ir a Roma y le prometí que cuando saliese del hospital iríamos, habíamos planeado que se instalaría una temporada en tu casa y que me enseñaría a hacer su famoso gazpacho y sus míticas croquetas, ya que era impensable que volviese a vivir sola en Cadaqués. Pero ya era tarde. Tampoco estuve allí para su repentina muerte, ni los dos días anteriores, totalmente inconsciente de que la vida en un hospital va más deprisa que fuera, que las mechas se consumen más rápidamente, que vida y muerte, como el Correcaminos y el Coyote de los dibujos animados, celebran carreras enloquecidas por los asépticos pasillos, esquivando, frenéticas y excitadísimas, a las enfermeras y a los visitantes, derrapando y jodiéndonos la vida. Tal vez todos nos quedamos siempre con algún viaje pendiente, planeamos viajes cuando ya son imposibles, como si intentásemos comprar tiempo aun sabiendo que el nuestro se ha agotado y que nadie puede regalarnos ni un solo minuto más. Debe de ser intolerable tener todavía los ojos abiertos y pensar que hay lugares que ya no volverás a ver nunca, que se cierren las posibilidades antes que los ojos.

Al llegar arriba de la escalera, Edgar nos mira a las tres despectivamente y farfulla:

–Tengo hambre. ¿Vamos?

Acto seguido, suben Daniel y Nico, acompañados por Úrsula, que nos mira a las tres y exclama:

—¡Pero qué guapas están!

Sofía se ha puesto su maravilloso vestido indio de color vino, largo hasta los pies, cubierto de diminutos espejitos redondos, que compró en un anticuario, y unos grandes pendientes de plata. Yo llevo mis pantalones fucsia de algodón descolorido que se me caen, una camisa raída de seda negra con pequeños topos verdes, unas chanclas y una pulsera antigua de mi madre, que a ratos amo y a ratos me pesa como si fuesen unos grilletes. Elisa va vestida como si fuésemos a bailar salsa. Y Úrsula se ha puesto una camiseta ceñidísima de color amarillo con unas palmeras plateadas y unos vaqueros morados dos tallas pequeños. Parecemos una banda de payasos. Afortunadamente, los niños, con sus polos, sus bermudas y sus chanclas, nos brindan cierta respetabilidad estival.

Carolina y Pep tienen un pequeño apartamento justo encima de nuestra casa, que forma parte de un conjunto de apartamentos de verano construidos también a principios de los setenta con mucho cemento pintado de blanco, escaleras de madera rojiza, largos pasillos y grandes ventanales con magníficas vistas al pueblo y a la bahía. Durante mi infancia, los apartamentos se convirtieron en una especie de comuna hippie, ocupados por personajes variopintos de todo el mundo, y recuerdo irme a dormir, cada noche, escuchando la música, las risas y los gritos de aquel grupo de hermosos náufragos estivales, que una vez acabado el verano, regresaban a Holanda, a Estados Unidos o a Alemania y que a mí me parecían lo más fascinante y exótico del mundo. Yo me hice mayor, los hippies se hicieron viejos y los apartamentos se llenaron de la gente moderna, respetable y rica de los años noventa. Pero los que tuvimos la suerte de poder vislumbrar por el agujero de la cerradura de nuestra infancia los últimos coletazos del espíritu de los años sesenta, la libertad sexual, la libertad a secas, las ganas de divertirse, el poder para los jóvenes, el atrevimiento, no salimos indemnes. Todos tenemos paraísos perdidos en los que nunca hemos estado. Pep y Hugo están preparando la cena. Se han vestido de noche de verano. Vaqueros limpios, camiseta perfectamente descolorida y vieja para Pep y reluciente camisa blanca remangada para Hugo. Están morenos. Hugo hace footing, lleva pulseras de hilo, huele un poco a pachulí y a vainilla y hace algo parecido a dirigir una empresa. Pep es fotógrafo, se rapa la cabeza, tiene una voz profunda, es alto y delgado, sensible, discreto y muy divertido. Se nota que son muy amigos desde hace años, cuentan las anécdotas a medias, se toman el pelo mutuamente, se refieren al otro como «mi amigo». No hay fisuras, no hay dudas, se reúnen cada semana para ver el fútbol y para tomar cerveza. A veces, envidio un poco la amistad masculina, vista desde fuera, parece un camino más llano y sencillo que la amistad entre mujeres. Lo nuestro es como un noviazgo eterno, accidentado, intenso y pasional, mientras que lo de ellos se suele parecer más a un matrimonio bien avenido, sin grandes emociones tal vez, pero sin grandes altibajos.

–¿Tenéis hambre? –pregunta Pep a los niños.

–Muchísima –responde Sofía, lanzándose sobre el humus.

Nos sentamos en la mesa del jardín. Hugo abre el vino y se sienta a mi lado, sonriendo.

–Estás muy guapa –me dice.

–Pues esta mañana Nico me ha dicho que tenía cara de comida de gato. Y los niños nunca mienten.

–Eso es una leyenda urbana. Los niños mienten tanto como los adultos.

–Tienes razón. Yo miento todo el rato. Y ni siquiera es uno de mis peores defectos.

Nos echamos a reír los dos. Dice que deberíamos ir a cenar un día mano a mano e intento convencerle de que soy un desastre y de que no vale la pena invitarme a cenar. La técnica masculina de seducción que consiste en la enumeración tramposa de los defectos propios (soy un saldo, no pierdas el tiempo conmigo) funciona bastante bien, compruebo divertida mientras como y jugueteo con el móvil. Ahora ya no lo pierdo cada día. Durante tu enfermedad y tu muerte, el móvil se convirtió en algo diabólico, el mensajero de tu sufrimiento y de tu angustia. Llamabas de madrugada para exigirme que fuese a tu casa, para decirme que tenías miedo, que la chica te quería matar. En parte, debía de ser cierto. No sé cuántas cuidadoras tuviste en los últimos meses, pero me convertí en una experta en hacer entrevistas a posibles candidatas, la mayoría no aguantaban más de un par de días. No las dejabas dormir ni un solo minuto, les robabas la medicación, había pastillas desperdigadas por el suelo de toda la casa, por entre tus sábanas, tus papeles y las páginas de los libros, llegué a temer por la salud de los perros; las despedías dos o tres veces al día y, al final, incluso le pegaste una bofetada a alguna. Qué lástima que la protagonista de tanto despropósito fueses tú. Si en los buenos tiempos nos lo hubiesen contado de algún conocido, nos habríamos muerto de risa. Nuestra arma contra la miseria y la mezquindad era casi siempre la risa. La enfermedad, el dolor, que algunos médicos aseguraban que te inventabas, te convirtieron en un monstruo de egoísmo. Cuando te decía que no podía dejar a los niños solos a las cuatro de la madrugada, te indignabas y me colgabas el teléfono. La mayoría de nuestras conversaciones de los últimos meses acababan contigo colgándome el teléfono. Cada vez que sonaba el móvil y veía que eras tú, me daba un vuelco el corazón. Acabé desconectándolo, me olvidaba de cargarlo, me lo dejaba en todas partes, lo perdía a propósito. Pensaba, mientras apretaba el botón de contestar, hoy me llama sólo para decirme que me quiere y que siente haberme abandonado, y me llamabas para hablar de dinero y reprocharme que te hubiese abandonado yo a ti. Hice lo que pude, a veces hice lo que tenía que hacer, no siempre, no soy demasiado buena para enfrentarme a la miseria. Lo siento. Tal vez tú, en mi lugar, lo hubieses hecho mejor. Durante años, dijiste que no querías a tu madre, creías que no era buena persona, que nunca te había querido. Sólo al final cambiaste de opinión. En los últimos días en el hospital, me llamaste «mamá» en varias ocasiones. Mi abuela tuvo una muerte distinguida y silenciosa, elegante e impávida, como correspondía a su condición y a su carácter. Lo tuyo fue un despiporre. Nadie te avisa de que mientras se muere tu madre, te tendrás que convertir en su madre. Y, mamá, no se puede decir que como hija me dieses muchas satisfacciones, la verdad. No fuiste una hija nada fácil. Pero desde que ha reaparecido Santi, el móvil ha recuperado su carácter lúdico, estamos siempre a un mensaje de lo que puede pasar. Y lo que puede pasar es casi siempre más excitante que lo que está pasando. El sexo me gusta porque me clava en el presente. Tu muerte también. Santi no, Santi es igual que el móvil. Siempre estoy esperando que llegue algo maravilloso que nunca llega. Cuando le conocí, se había separado de su mujer, que estaba viviendo una historia de amor con un amigo suyo. Pero la historia con el amigo no funcionó y Santi, que es un buen tipo, regresó a su casa, dispuesto a curarle las heridas y a recomponer una relación que ya hacía tiempo que había sustituido el sexo, la curiosidad y la admiración por el confort, el compañerismo y los hijos. Y nuestra historia, que después de un par de meses había empezado a agonizar –la mayoría de los amores o duran dos meses o duran toda la vida–, resucitó con el fulgor de lo imposible, lo inalcanzable y lo mítico. Los dos nos lo tragamos. Yo porque durante esos meses no había encontrado a nadie que me gustara más. Él porque se dio cuenta muy rápidamente de que con su mujer habían vuelto a retomar la historia exactamente en el punto donde la dejaron, en la última página antes de acabar el libro. No hay marcha atrás en una historia de amor, una relación es siempre una carretera de sentido único. En ese momento, me llega un mensaje suyo. Acaba de llegar, tiene muchas ganas de verme. Y mi cabeza deja paso a mi cuerpo, y tu muerte se aleja unos pasos, y, como por arte de magia, mi sangre congelada empieza a circular de nuevo. Bromeo con los niños, me acerco a olisquear la comida, me tumbo en el suelo para jugar con mi ahijada, abrazo a Sofía, susurro en la oreja de Pep que tenemos una montaña de marihuana, acaricio al gato, me pongo a comer aceitunas como una loca, obligo a todo el mundo a salir al jardín para mirar la luna, pongo música y me acerco a Elisa para decirle que deberíamos salir a bailar.

–Me ha escrito –le digo en voz baja a Sofía.

–He pensado que era eso. De repente, te ha cambiado la cara.

89

–Es raro. En realidad, ni siquiera me gusta tanto.

–Blanquita, yo creo que te gusta más de lo que quieres reconocer.

–No sé, tal vez.

Cenamos en la mesa del jardín. Han encendido velas y un par de farolillos chinos que se balancean en las ramas del olivo y proyectan sombras sobre el caparazón impoluto del pescado a la sal que han preparado los hombres; hay también ensalada de tomate y pepino, y croquetas y pan con aceitunas recién horneado. Niños y adultos están morenos y parecen felices. Los cuerpos lánguidos y cansados y los ojos soñadores de haber pasado todo el día al sol navegando. Las anécdotas compartidas y repetidas mil veces de las personas que han pasado mucho tiempo juntas y que se siguen gustando. Por un momento, pienso en tomarme el café tranquilamente y no responder al mensaje. Nina, mi ahijada, se está durmiendo en el regazo de su madre. Edgar intenta servirse cerveza disimuladamente, pero Elisa lo mira amenazadoramente y desiste. Nico escucha con atención la conversación de los adultos, mientras el pequeño Dani juega con su colección de trenes. Hugo me acusa de ser una sosa. Carolina sale en mi defensa y Pep se pone a contar historias sobre las pobres novias de Hugo, abandonadas cada día al alba para que él pueda hacer su sagrada carrera matinal. No sé si la vida tendría demasiado sentido sin las noches de verano. En ese momento, recibo otro mensaje de Santi en el que me propone encontrarnos delante de la iglesia para darme un beso de buenas noches. Me levanto, como empujada por un resorte.

–Me tengo que ir un momento, ahora vuelvo.

Me miran todos con cara de sorpresa.

–¿Ocurre algo, querida? ¿Estás bien? –pregunta Carolina con cara de preocupación.

–Sí, sí, de maravilla. Sólo voy a comprar tabaco.

–Se me escapa la risa.

–Ya –dice Sofía.

Carolina me mira, sin sonreír, desde el otro lado de la mesa. Es la única de nosotras que mantiene una relación larga con un hombre maravilloso y, aunque nunca me lo haya dicho, sé que considera que al salir con un hombre casado, además de perder el tiempo, la estoy traicionando también un poco a ella.

Hugo me señala el paquete de cigarrillos medio lleno que he dejado hace un rato encima de la mesa.

–Este tabaco está seco, en serio, es infumable –digo.

Se echa reír.

–Cuando me has dicho que solías mentir, he pensado que lo harías mejor.

–Hago lo que puedo.

–No tardes, que sin ti nos aburrimos –añade.

Sofía me acompaña hasta la puerta.

–Ya veo que no te gusta nada, ¿eh? Nada de nada.

# 9

Bajo la cuesta dando brincos. Siempre decías que caminaba como mi padre, como si algo nos impulsase hacia arriba, como si apenas rozásemos el suelo, que antes de distinguir nuestras caras ya nos reconocías por la manera inconfundible de andar. Todavía recuerdo tu enfado el día que, en la recta final de mi primer embarazo, me viste caminar con menos gracia. «¡No me digas que a estas alturas, por un simple embarazo, vas a dejar de caminar como has caminado toda la vida!»

En este momento, sólo con mirarme, sabrías que me dirijo hacia un hombre. Nunca me frenaste. Considerabas que el amor justificaba comportamientos estrafalarios que, en cualquier otra circunstancia, hubieses censurado. Si un camarero se equivocaba con el pedido o te tiraba la sopa por encima y, al ir a quejarte, te enterabas por el maître de que estaba enamorado –sólo a ti te contaban intimidades con tanta rapidez–, le mirabas con simpatía y decías: «Ah, bueno, en ese caso...» Y seguías comiendo tan pancha con la falda mojada de sopa. Pero si alguien, en tu presencia, daba con seguridad un dato que resultaba ser erróneo o llegaba tarde a una reunión, lo mirabas con estupor y nunca más volvía a recuperar tu respeto. Me pasé la vida luchando por él, no estoy segura de haberlo conseguido. Sigo llegando tarde a todas partes. De repente, veo que se me acerca a grandes zancadas el guapo desconocido. Está solo, camina un poco inclinado hacia delante, como suelen hacerlo los hombres altos y delgados, como si se protegiesen de un viento invisible, como si en las cumbres que ellos habitan soplase siempre el viento. Yo camino tan deprisa y estoy tan nerviosa que sin querer pierdo una chancla. La recupero justo a tiempo para ver que se ha dado cuenta y sonríe divertido. Otra vez, adiós a la *femme fatale* que me gustaría ser. Le sonrío y, al cruzarnos, susurra «Adiós, Cenicienta». Pienso que tal vez podría pararme y proponerle ir a tomar algo (y emborracharnos y contarnos nuestras vidas con entusiasmo y a trompicones, y rozarnos distraídamente las manos y las rodillas, y mirarnos a los ojos un segundo más de lo correcto y besarnos y follar precipitadamente en algún rincón del pueblo como cuando era joven, y enamorarnos y viajar y estar siempre juntos y dormir apretados y tener un par de

93

hijos más y, finalmente, salvarnos), pero sigo caminando sin darme la vuelta. Si los hombres supieran la cantidad de veces que las mujeres nos pasamos esta película, no se atreverían ni a pedirnos fuego.

Santi está sentado frente a la puerta de la iglesia. Estoy tan contenta de verle que apenas advierto que está más delgado que la última vez, que parece cansado y que vuelve a fumar porros. Me mira con sus ojos relucientes y su sonrisa de oreja a oreja.

—Estás moreno.

—Soy moreno —responde—. ¿Qué tal estás?

—Bien.

Nos quedamos callados unos segundos, mirándonos, sonriendo, repentinamente tímidos y sin saber qué decir, como si el mero hecho de estar el uno frente al otro de nuevo fuese la cosa más extraordinaria del mundo.

—¿Y los niños?

—Bien. Contentos de estar aquí.

—¿Echan de menos a su abuela?

—Supongo. La adoraban, se lo pasaban pipa con ella, pero no dicen nada. Están bien educados, son muy discretos.

—Como su madre.

—¿Y los tuyos? ¿Están bien?

—Felices. Deberías ver cómo nada el mayor, es increíble. Pero últimamente tengo la sensación de que me paso el día gritándoles.

—Vaya. ¿Cuántos años tiene ya el mayor? ¿Diez?

–Nueve.

–Ah.

–Estás muy guapa.

–Gracias. Tú también. ¿Me das un cigarrillo?

Me roza la mano al acercarme el mechero. Y con ese gesto salimos del patio del instituto y nos deshacemos de la fina piel de adolescentes torpes y enamorados para volver a ser dos adultos locos, con la piel gastada, en una larga relación ilícita.

–No tengo mucho rato. He dicho que salía a comprar tabaco. Sólo quería verte. Saber cómo estás. Pero me tengo que ir pitando.

–¿No tenemos tiempo ni de ir a tomar una copa?

–No. Ya me gustaría. Han organizado una megabarbacoa en la playa y en cualquier momento se darán cuenta de que he desaparecido.

Él también finge no ver la decepción en mis ojos.

–¿Y cuándo nos volveremos a ver?

–Pues no lo sé. Un día de éstos.

–Eres un cabrón.

–¿Te he dicho ya que estás muy guapa esta noche?

Fumo en silencio. Me coge por los pantalones y me los sube ajustándomelos a la cintura. A continuación, me da la vuelta como si fuese una marioneta para mirarme el culo.

–¿Lograré que te pongas algún día unos pantalones de tu talla?

–Lo dudo.

–¿Y leggings? Estarías impresionante.

95

–Ya.

–Podrían ser de cuero.

Nos echamos a reír los dos.

–Buena idea. Mañana mismo me los compraré.

Sin soltarme los pantalones, me besa.

–No quiero que te enfades conmigo. ¿Lo entiendes? No soporto que estés enfadada conmigo. Me pongo enfermo.

Me echo a reír de nuevo.

–Ya. Enfermísimo.

–Ríe, ríe. Pero es la verdad.

–No estoy enfadada –digo. Pero mentalmente ya he empezado a calcular los minutos que faltan para que se vaya y me quede sola y tu muerte vuelva a asaltarme y todo vuelva a empezar. Todo el amor de mis amigos y de mis hijos no es suficiente para resistir la embestida de tu ausencia, necesito estar bien agarrada a un tío para no salir volando por los aires. Dicen que la mayoría de las mujeres buscan a su padre a través de los hombres, yo te busco a ti, lo hacía incluso cuando estabas viva. Cualquier psiquiatra deshonesto se pondría las botas conmigo, pero el mío sólo está empeñado en que busque trabajo.

–¿En qué piensas? Un momento estás aquí y al siguiente estás en otra parte, lejos.

–Pienso en que estoy cansada.

–¿Cansada de qué?

–No sé. De todo. Del día. Del verano, que es muy cansado. Creo que necesito dormir.

–¿Te das cuenta de que no hemos dormido nunca juntos? Bueno, sí, una vez, al principio. Al día siguiente, te preparé el desayuno.

–No me acuerdo. Pero me encantaría dormir contigo. Dormir dormir, quiero decir.

–Pero habría violación nocturna.

–Sólo que no sería una violación.

Se despide y, como siempre, no quedamos en nada. Me quedo un rato sentada a la entrada de la iglesia. Oigo el rumor fiestero del pueblo, en plena ebullición veraniega, y me pregunto quién reinará ahora en La Frontera, qué banda de loquitos narcotizados irá a ver amanecer a Cap de Creus y si seguirá siendo *Should I Stay or Should I Go* la última canción que pongan cada noche, antes de cerrar, en El Hostal. La primera corona que perdemos, y tal vez la única imposible de recuperar, es la de la juventud; la de la infancia no cuenta porque de niños no somos conscientes del increíble botín de energía, fuerza, belleza, libertad y candor que al cabo de unos años será nuestro, y que los más suertudos dilapidaremos sin medida.

Al llegar a casa, ya se han ido todos a la cama. Entro sigilosamente en el cuarto de Sofía y del pequeño Dani, que duermen en la habitación de las literas. Toda residencia de verano es un poco como una casa de colonias: la gran mesa de madera alrededor de la cual nos reunimos para desayunar a medida que vamos amaneciendo, la alegría de juntarse con

97

los amigos desde primera hora de la mañana, en pijama o en traje de baño, con los ojos legañosos, con resaca o radiantes, riendo de lo que hicimos el día anterior, preparando colacaos para los niños y discutiendo sobre si es demasiado temprano para tomarse una cerveza, los turnos para ducharse, los aullidos del último, al que le toca ducharse con agua fría porque la caliente se ha acabado, la hilera de toallas, descoloridas y acartonadas por la sal del mar, secándose al sol, los cuartos con literas para aprovechar el espacio y que quepan todos los amigos posibles. Me meto en la cama de Sofía.

—No tengo sueño —le susurro a la oreja.

—¿Qué? ¿Qué? ¿Qué pasa? ¿Dani? —Me da un manotazo.

—No, no, soy yo. Acabo de llegar.

—¿Cómo ha ido? —dice, quitándose el antifaz de satén rosa e incorporándose un poco.

—Bien, bien. Lo de siempre. Hemos estado charlando un rato, luego se ha tenido que marchar.

—Ya.

—Y ahora no tengo sueño.

—Claro. Es normal. Como no habéis podido follar. El sexo frustrado desvela muchísimo. Pero yo he tardado una hora en lograr que se durmiese Daniel, no me he estado morreando con ningún tío y sí que tengo sueño.

Dani se revuelve en su cama.

—Si le despiertas, te mato —susurra Sofía.

–¿Dónde está tu espíritu veraniego?

–Durmiendo –responde, volviéndose a poner el antifaz.

Me quedo un rato tumbada a su lado esperando a que recuerde que soy una pobre huerfanita que necesita que le hagan caso, pero al cabo de unos minutos Dani deja de agitarse y ella empieza a roncar suavemente.

Me voy a mi cuarto. Me pregunto qué estará haciendo el misterioso desconocido. Tal vez lo mismo que yo.

## 10

A la mañana siguiente, me despiertan los ladridos de un perro. Me quedo acurrucada en la cama pensando que vienen de la calle, tal vez sea Rey, pienso, que ha venido a buscarme. Habíamos llegado a tener hasta cinco perros en casa, los tres nuestros, el de la chica que nos ayudaba y que era un perro que también habías recogido y salvado tú, y al que mantenías –recuerdo una época en la que salías a la calle con una correa en el bolso, por si te encontrabas con algún perro perdido– y el de alguno de tus invitados. Una auténtica jauría intocable que a ti te divertía y que constituía una corte paralela a la de tus amigos. De hecho, si algún invitado osaba quejarse o torcer el gesto ante los asaltos de los perros, o peor, decir que les tenía miedo, era inmediatamente tachado de cursi y de memo integral y no volvía a ser invitado jamás, a no ser que sus dotes como jugador de póquer le sirviesen para ganarse tu bula. Recuerdo a una señora muy puesta que solía venir a las timbas y a la que dejabas preparada una toalla impoluta y perfectamente doblada en el respaldo de su silla para que se la pusiera sobre las piernas y así protegerse del roce, de los lametones y de la dudosa higiene de tus perros.

Entonces oigo el vozarrón de Guillem. Acaba de llegar con Patum. Antes de abrir la cortina ya sé, por la luz que se filtra a través de la tela, que hace un día espléndido. Iré hoy al cementerio a verte. Me pongo uno de los arrugados vestidos de seda que tengo enredados con el resto de mi ropa en precario equilibrio encima de la única silla de la habitación. La ropa, mi principal hobby, ha dejado también de divertirme. A pesar del calor, sólo tengo ganas de comprar ropa que me tape o ropa que me acaricie. De todos modos, la ropa siempre es un sustituto del sexo, o un envoltorio para conseguirlo. Tal vez todo sea un sustituto del sexo: la comida, el dinero, el mar, el poder, el sexo. Abro un poco la cortina y dejo que el sol de verano, tan joven e insolente, tan exacto al de mi infancia, se desparrame por la habitación.

Guillem ha llegado cargado con uno de sus cajones de verduras.

–¡Corre, Úrsula! Escóndelas antes de que Blanca las tire todas a la basura, que ya la conozco –dice al verme.

–¡Qué bien que estés aquí! –le digo dándole un abrazo.

–Ya. Así tienes a una persona más a la que torturar, ¿eh?

Estoy contenta de verle. Él nunca me metería en una residencia de ancianos. Antes, para juzgar a alguien y decidir si me podía fiar o no, me preguntaba si en la Francia ocupada hubiese sido colaboracionista, ahora la prueba de fuego es si me metería o no en una residencia de ancianos. O si me enviaría a la hoguera por bruja. Tú siempre decías, con esa peculiar manera que tenías de insultarme y alabarme a la vez, que en la Edad Media no hubiese durado ni cinco minutos.

Los niños están en el piso de arriba, desayunando delante del televisor.

–¿A estas horas y con el día que hace ya están viendo la tele? –exclama Guillem.

Úrsula, recién duchada, con la piel y el pelo relucientes y una de sus ajustadísimas camisetas de temática tropical, ríe y bebe café tranquilamente. Lo bueno de Úrsula, para las personas a las que no nos gusta tener servicio, es que con ella es como no tenerlo. Elisa aparece en la puerta de la cocina con tazas y pan tostado, seguida por Damián; desde que llegamos a Cadaqués, no la he visto a solas ni un minuto.

–¿Qué tal, preciosa? –me saluda.

Lleva la magnífica melena suelta y un vestido de tirantes blanco, se ha pintado las uñas de los pies de rojo y ha complementado las sandalias plateadas con una pulsera tobillera con diminutos cascabeles. Veo que seguimos en la honda caribeña, pienso divertida. A Elisa le gusta mucho la ropa, y cada vez que cambia de novio, cambia de estilo.

«Aunque hay días que lo que realmente me apetecería sería salir a la calle desnuda», me ha dicho alguna vez, con el candor de las mujeres hermosas y desinhibidas que saben que la belleza es como un vestido y que nunca están realmente desnudas.

Damián lleva unos vaqueros grises cortados a la altura de la rodilla, una camiseta vieja, unas bambas azul marino con calcetines cortos del mismo color y la magnífica esclava de bronce y turquesa que lleva siempre. Se la he intentado robar varias veces, pero dice que no se la puede sacar. Me contó que se la puso de adolescente cuando todavía no había salido de Cuba, y que cuando un tiempo después intentó sacársela –se la había regalado una novia y la relación había acabado–, la mano le había crecido y la pulsera ya no le pasaba. Conocí a Damián muchos años antes que a Elisa, a través de un amigo común, en la presentación de una antología de jóvenes poetas cubanos. Es discreto, pacífico, amable, cariñoso y juerguista, le gustan las mujeres, el alcohol y las drogas, pero nunca le he visto hacer alarde de ninguna de las tres cosas. Creo que es un buen tío, aunque eso nunca se sabe hasta que necesitas pedirle un favor a alguien, hasta que llega el momento de tomar partido, que siempre llega, pero él mira a los ojos, se muestra igual ante todo el mundo y nunca le he oído criticar a nadie. Le gusta reír más que hablar y cuando habla es para contar alguna complicada teoría político-social que nadie acaba nunca de comprender. No me extrañaría que fuese una de esas personas que creen que la llegada del hombre a la luna no fue más que un montaje. Es alto y delgado pero al mismo tiempo mullido y redondeado, de facciones perezosas como colinas, no es nada puntiagudo como los hombres que me gustan a mí, no hay nada enfermizo ni aguileño ni derrotado en él, no hay aparentes tormentas ocultas, el cielo que se debe de tocar a su lado no va más allá del techo, el del dormitorio probablemente. Elisa, claro, lo ve como a una especie de dios del Olimpo, un depredador peligroso, un donjuán que, según ella, ha tenido amoríos con la mitad de la ciudad. Cuando te enamoras –aunque ella se empeña en decir que no está enamorada, que es sólo un amante, otra señal de que sí lo está–, nada de lo que piensas de la persona amada coincide con la realidad, especialmente nada de lo que tiene que ver con su atractivo físico. Estaría bien recordarlo para la próxima vez si no fuera porque el amor pone todos los marcadores a cero y, si hay suerte, el siguiente hombre volverá a ser el más guapo, sexy, listo, divertido y asombroso del mundo, aunque sea medio tonto y jorobado.

En ese momento, llega Sofía del pueblo arrastrando a Dani y con una botella de champán francés en la mano. Lleva un disparatado sombrero de paja con un lazo negro que parece un cucurucho al revés al que le hubiesen cortado la punta, unas enormes gafas de sol y un vestido negro anudado al cuello que resalta la delicadeza de sus hombros y de sus clavículas.

–¡Mirad lo que he encontrado en el pueblo!

Se queda mirando a Guillem unos segundos, veo pasar por sus ojos, a toda velocidad, la sorpresa, la curiosidad, el interés y el regocijo.

–Champán, ¿eh? –dice él, mirándola burlón–. Hubiese sido mejor una botella de whisky. El champán es para las pijas tontas ¿A que sí, Ursulita?

Úrsula se echa a reír.

–No sé, señor Guillem, yo no bebo.

–Ya, ya –responde él–. En esta casa hay que marcar el nivel de las botellas con un boli antes de irse a la cama, que si no al día siguiente ya sabemos qué pasa.

–Lo he comprado porque tengo un disgusto horrible. Me acabo de enterar de que se ha muerto mi ginecólogo.

–Vaya –digo yo–. Lo siento. Qué putada.

Se sienta a la mesa con aire abatido y se queda pensativa unos instantes. No sabía que le tenía tanto cariño a su ginecólogo. Me pregunto si me va a robar mi duelo.

–¿Os dais cuenta? –exclama de repente, levantando la cabeza–. Es el primer hombre que ha tenido las manos dentro de mi coño que se muere.

105

Respiro aliviada.

–Ya, nos hacemos mayores –comenta Elisa filosóficamente.

–Yo estoy fantástica –dice Sofía–. Mejor que nunca.

–Venga, Posh, pásame la botella que la voy a meter en el congelador –dice Guillem–. Ya vemos que estás disgustadísima.

–¿Cómo me ha llamado? –pregunta Sofía con los ojos como platos.

–Posh, ya sabes, la pija de las Spice Girls –digo yo.

Sofía se echa a reír.

–¡Qué raro! Pero si yo no soy nada pija...

–Lo raro es el sombrero que llevas –dice Guillem–. Bueno. ¿Quién quiere ir en barca? ¡Niños, niños! ¿Estáis listos? Salimos en veinte minutos. Posh, ve a ponerte el traje de baño.

No había nada en el mundo que te gustase más que salir en barca. Cuando tenga el valor de volver a abrir los álbumes de fotos que me regalaste en mi último cumpleaños, pocos meses antes de morir –te había dicho en muchas ocasiones que no quería ninguna de las valiosas figuras o libros o cuadros que tenías, que sólo deseaba la serie de álbumes familiares que había empezado mi abuelo y que tú proseguiste, y llegaste a casa arrastrando con mucha dificultad y con la ayuda de una cuidadora una inmensa maleta lila repleta de álbumes, el testamento indiscutible de que habíamos sido felices–, buscaré una de tus fotos al timón del *Tururut*, sonriendo, con el pelo lleno de viento y de sal, y la colocaré en la estantería de las fotos, al lado de la de papá. No lo hago porque todavía no eres un recuerdo, supongo que el tiempo, tan cabrón, tan clemente, se encargará de ello.

Guillem se ha puesto una vieja gorra de marinero que ha encontrado en el garaje y dirige a la pequeña tropa que se encamina hacia el muelle por las calles empedradas bajo la mirada impertérrita de la iglesia que resplandece bajo el sol; las casas, como un ejército de soldados obedientes, forman una masa compacta y armoniosa a su alrededor que sólo rompen, en algunos puntos, el fucsia rutilante de las buganvillas y el verde mustio de algún árbol. Detrás del pueblo, se elevan unas montañas antaño cubiertas de olivos, que aíslan al pueblo del resto de la región y que durante siglos lo convirtieron prácticamente en una isla. El mar, sumiso o furioso, triste o eufórico, escandaloso o tímido, salpicado de barcas o vacío y cansado, parece rendir pleitesía a un lugar que ni el tiempo ni las hordas de turistas han logrado humillar.

Los niños con sus chalecos salvavidas naranjas, del mismo color que las boyas que flotan esparcidas por el mar, esperan obedientemente en el muelle, al lado de Guillem y Patum, a que venga el barquero para llevarnos a nuestra boya. Hugo y Pep hablan en voz baja y Carolina intenta que la pequeña Nina no se tire al agua mientras nosotras vamos a comprar unas cervezas.

Guillem se hace inmediatamente amigo del barquero, que le pasa su número de teléfono para que le llamemos cuando queramos regresar.

–Posh, recuérdame que cuando bajemos al pueblo esta tarde le compre una botella de ron.

El mar está como un plato y brilla como si todas las estrellas de la noche anterior se hubiesen caído dentro. Meto la mano en el agua y dejo que la velocidad la arrastre, siento la corriente entre los dedos, tres columnas espumosas que dejan un rastro que desaparece al instante, veo que en el fondo se agitan diminutos peces grises como espectros, la playa, el arcoíris humano, las risas, los gritos y los chapoteos se alejan a toda velocidad. Guillem nos hace subir ordenadamente a la barca y nos indica dónde sentarnos. Acto seguido, ayudado por Edgar, saca la caña y la pala, se planta en medio de la barca, se cala bien la gorra de marinero y empieza a imitarte.

–Bueno, niños, que nadie se mueva de su sitio, que una barca es muy peligrosa. Edgar, Edgar, coloca la pala. ¡Cuidado, cuidado, que se va a caer al mar! ¿Dónde está el ancla? ¡Ah, en el agua! A ver, a ver si se ha enrocado. Alguien preparado para tirarse al mar si el ancla está enrocada. No, menos mal. ¡Las llaves! ¿Dónde están las llaves? ¿Quién era el encargado de traer las llaves? ¡Mi bolso! ¡Mi bolso! ¿Dónde está? ¡Las gafas! ¡Las gafas! ¡Que nadie se mueva!

Es una imitación tan exacta que todos nos echamos a reír.

Entonces, se chupa la yema del índice, lo levanta, frunce el ceño mirando al horizonte y se convierte en Paco, uno de tus viejos amigos.

–A ver, hoy sopla garbí. Sí, sí. La situación es complicada y puede llegar a ser crítica. Mejor que nos quedemos cerca del puerto, un bañito rápido y a casa.

–Pero si el mar está como un plato y no hace ni una gota de viento –protesta Nico.

–Mira, niño, yo llevo muchos años navegando. Sé lo que me digo. Si no pensáis hacerme caso, me bajo ahora mismo. Ya os apañaréis. Cuando lleguéis a Mallorca arrastrados por la corriente, recordad mis palabras. Cuando yo era joven...

La barca se desliza suavemente por el mar, el traqueteo de viejo fumador carrasposo del motor impide las conversaciones y durante un rato las miradas se pierden a lo lejos y no hace falta decir nada; lo mejor de la belleza es que suele hacer que la gente se calle y se recoja, siento la pequeña mano gordezuela y tibia de Nico en la mía. Los niños, guiados por Guillem, se turnan para llevar el timón. Edgar se ha sentado a horcajadas en la proa de la barca, como hacía yo de niña, y Sofía bebe cerveza con los ojos cerrados. Patum, tumbada a mis pies, dormita. Pep, obligado por deformación profesional a mantener los ojos abiertos mientras los demás los cierran, nos hace fotos. Carolina sujeta a Nina adormecida por el traqueteo del motor sobre las rodillas y Hugo toma el sol. Atracamos en una pequeña cala en la que sólo hay dos barcas más cuyos ocupantes nos saludan con cortesía. El agua es tan transparente que parece que podamos tocar el fondo de rocas puntiagudas y amenazantes con los pies cuando en realidad están a más de veinte metros de profundidad. En cuanto se detiene la nana de taladro del motor, despertamos todos a la vez de nuestras ensoñaciones como si un hipnotizador hubiese chasqueado los dedos. Patum, experta nadadora, como todos los perros de su raza, se pone a ladrar y a brincar excitadísima. Edgar es el primero en zambullirse, la perra salta detrás y casi le aterriza en la cabeza. Los pequeños se preparan para bajar por la escalerilla mientras Guillem, con la ayuda de Hugo, se asegura de que la barca esté bien anclada.

–Me acabo de dar cuenta de una cosa –exclama Sofía, de repente–. Me he olvidado el traje de baño. –Nos mira con cara de niña traviesa.

Los chicos continúan con sus quehaceres fingiendo que no la han oído. Hugo levanta una ceja detrás de sus gafas de sol y sonríe imperceptiblemente, pero permanece inmóvil, tumbado. Guillem la mira de reojo y sigue dando tirones, tal vez un poco más secos que hace un minuto, a la cuerda del ancla. Pep, sin apartar el ojo del objetivo, desvía pudorosamente la lente hacia el mar. Y Nico, que lleva su traje de baño desde que ha saltado de la cama, me susurra a la oreja:

—Es tonta, Sofía. ¿Cómo ha podido olvidarse el traje de baño?

—O sea: has tardado media hora en cambiarte de ropa, te hemos tenido que esperar como sardinas en lata, muertos de calor en el coche, y te has olvidado de ponerte el traje de baño —digo yo, mirándola divertida.

—Sí, exacto. ¡Qué despistada soy!

—Ya.

—Pues báñate desnuda —dice Carolina—, de todos modos es lo más agradable.

Y Sofía, con la misma elegancia y naturalidad con la que se deshace de sus estolas de piel en invierno cuando llega a algún lugar público —que es la misma con la que se queda dormida en un sofá o en medio del césped cuando el exceso de alcohol le cierra los ojos y ya me ha dicho mil veces lo mucho que me quiere—, deja resbalar por sus hombros la larga túnica descolorida de rayas rosas y grises que le llega hasta los pies y con un saltito se tira de cabeza al agua. El cuerpo, como un rayo de color caramelo, se sumerge con la gracia y precisión de una nadadora profesional, silenciosamente, sin salpicar.

—Las manos dentro sólo las ha debido de tener el pobre ginecólogo y unos cuantos desgraciados más, pero vérselo ya se lo hemos visto todos —suspira Carolina.

111

Me acomodo en la escalera y voy bajando muy despacio, el agua helada me sacude, me eriza y me enfurece, me tensa todos los músculos del cuerpo y finalmente, cuando cedo y suelto las guías permitiendo que su fría cuchilla me envuelva, ojos cerrados, cabellos de medusa bailando por encima de mi cabeza sumergida, cuerpo por fin ingrávido, me acoge, me bendice y me disuelve. Me pregunto si será el mar mi último amante.

# 11

Me ducho la primera y subo a la cocina con la idea de servirme una copa de vino helado y de irme a tumbar en la hamaca de la terraza hasta que esté listo el almuerzo. En ese momento se me acerca Elisa, con el ceño fruncido.

–Me acabo de dar cuenta de que no hay suficiente comida –dice.

–Vaya, qué pena –respondo–. Bueno, hay galletas, ¿no?

–Muy graciosa.

–No es broma. –Advierto que mi media hora de descanso, mi vino blanco y mi lugar privilegiado en la hamaca están en peligro–. Hace un sol de justicia y estoy cansada. No pretenderás que vaya a comprar yo –digo, cerrando los ojos e impulsándome con más fuerza.

–Precisamente. –Se queda callada un instante

esperando a que abra los ojos, pero yo, que soy una perezosa, no los abro y ella, que es una tozuda, no se mueve–. Blanquita, me he pasado media mañana limpiando y cocinando, levántate ahora mismo y ve a comprar unas butifarras a la carnicería –dice por fin mirándome con seriedad y deteniendo el balanceo de la hamaca.

Protesto débilmente y la amenazo con desmayarme por el camino, golpearme la cabeza con una piedra y fallecer desangrada por su culpa, pero no se ablanda.

–Bueeeeno. Iré. Pero no entiendo esta manía burguesa de comer y cenar. Estáis hechos una pandilla de caprichosos.

El mar, como un imán gigante, ha vaciado las calles del pueblo arrastrando a la mayoría de sus habitantes hasta la orilla. Sólo algunos náufragos deambulan por las calles adormecidas buscando la sombra de las casas devastadas por el sol. También hay que tener cierta edad para empezar a sentir afecto por las ciudades en las que uno nació o pasó su infancia, para no recorrerlas con los ojos cerrados de la familiaridad y para no querer huir a la aventura cada mañana. Me gusta Barcelona porque mi vida habrá transcurrido allí –en este hospital nació Edgar y en este bar me besaba a escondidas con su padre, aquí merendaba cada miércoles con mi abuelo y aquí moriste tú–, pero creo que amaría Cadaqués aunque lo hubiese visitado sólo una tarde de paso hacia algún otro lugar, aunque viniese del otro lado del mundo y nada, ni cultura, ni lengua, ni recuerdos, me uniesen a este *cul-de-sac* escarpado y feroz de atardeceres de seda rosa, azotado por un viento negro que en invierno destiñe sobre el mar y en el que todo te empuja hacia las nubes y el cielo. Entro en la carnicería y recibo con alivio un bofetón de aire acondicionado. Nunca me había fijado en lo parecidas que son las carnicerías a los hospitales, pienso con un escalofrío mirando las paredes y el suelo de gres blanco, la hilera de sillas ahora vacías en las que se sientan las señoras que esperan turno, los cuchillos como instrumentos de quirófano listos para el despiece y los tubos fluorescentes en el techo con su luz gélida y tan poco favorecedora. Espero no encontrarme con ningún novio del pasado porque debo de estar espantosa, seré una terrible decepción otra vez. Entonces veo a una mujer de espaldas, delante del mostrador refrigerado lleno de ristras de salchichas, montañas de carne y pilas de despojos frescos, tiernos y jugosos: la mujer de Santi. No nos conocemos pero había visto alguna foto de ella con sus hijos en casa de Santi y ella sin duda también sabe qué aspecto tengo yo. Siento una mezcla de excitación y pánico, y cierta repugnancia, aun siendo consciente de que la única que tiene derecho a sentir repugnancia es ella. Es más joven que yo y tiene un físico sólido y agradable, el cuello corto y grueso, un torso ancho y voluminoso sobre unas piernas finas, la cara redonda y bronceada y los ojos castaños, muy grandes y un poco vacantes. Lleva la melena recogida

115

en una cola de caballo y una larga y ondulante túnica azul turquesa con un collar de cuentas a juego. A pesar de su corta estatura y de su físico tan realista y terrenal, habla con la afabilidad superior y condescendiente de alguna gente rica, en voz muy alta y sin mirar al carnicero. Me siento muy incómoda y cada vez más minúscula, como si su voz de ordeno y mando y su impaciencia controlada estuviesen dirigidas a mí. De repente, se da la vuelta. Y su mirada de párpados pesados resbala por encima de mí sin verme. No se detiene ni con sorpresa, ni con indignación, ni con curiosidad, ni con el leve estremecimiento de la mirada cuando se topa con otro ser vivo, simplemente no me ve. Coge las bolsas de la compra y se despide con un adiós inaudible. Respiro aliviada y sorprendida –yo, que no puedo entrar en un sitio sin intentar aprehender al instante todo y a todos los que me rodean– e inmediatamente me pongo a fantasear sobre lo que hubiese podido ocurrir y que en el fondo me alegro tanto de que no haya ocurrido, no ha habido ni esposa humillada, despectiva o furibunda, ni amante cruel, patética o digna sobre fondo de butifarras y fuets. Y pienso con cierta pena en Santi, que ha elegido dormir al lado de esta mujer, atractiva y autoritaria, hasta el final de sus días.

Salgo cargada de salchichas y entro en el casino para comprar tabaco y tomarme una caña. Entonces veo al hombre misterioso sentado en una de las mesas del fondo, al lado de la barra, en la penumbra, donde los viejos del pueblo se suelen sentar a jugar a las cartas. Por un momento, pienso, con cierta cursilería infantil, que lo has colocado tú allí, como una especie de señal. Te preocupaba que hiciese tanto tiempo que no me enamoraba de verdad, que hubiese convertido en un juego algo que a ti te parecía tan importante y que lo jugase con contrincantes que, según tú –en eso eras la típica madre–, ni estaban a mi altura ni tenían mi pericia. Me decías: «Pequeñaja, lo normal a tu edad es estar enamorada. No sé qué haces.» Durante mucho tiempo, la única historia de amor que me preocupó fue mi historia de amor contigo.

Me siento en la mesa de al lado. Él me sonríe abiertamente, como si nos conociésemos.

–¿Has perdido algún zapato hoy? –me pregunta, inclinándose hacia delante y mirándome los pies.

Nos echamos a reír los dos. Tiene una mirada reflexiva, implacable, sensible y un poco triste, que sólo aparta, de vez en cuando, por timidez. La boca, grande, con unos labios aptos para besar, masculinos pero suficientemente mullidos para clavarles los dientes, se le tuerce un poco al reír afeando e infantilizando la poderosa cabeza de héroe griego. Las cejas, espesas, más oscuras que el pelo de oro viejo, corto y abundante, que el invierno debe de oscurecer, y que corona, como una pequeña nube espumosa, la frente ligeramente abombada. La barbilla, prominente, protegida por una barba de cuatro días que a él sólo debe de tardar dos en salirle. Los ojos almendrados, de un gris oscuro y tormentoso, grandes, muy separados, como si quisieran invadir las sienes y no perderse nada de lo que ocurre a su alrededor. La voz, grave, profunda pero sin afectación, no desmiente ni contradice su físico.

–De momento, no –digo yo–. Es que las chanclas, a veces, cuando uno camina rápido, pueden volar por los aires porque el pie no está bien cogido. ¿Sabes?

–Se lo cuento gesticulando y agitando el pie para que vea cómo se mueve el zapato. Y lo fino y delicado que tengo el tobillo.

–Ya. Yo siempre llevo alpargatas. En verano, quiero decir. No me interesa demasiado la moda.

–No, no, a mí tampoco. –Ya estoy diciendo mentiras, pienso. Dentro de un momento le estaré diciendo que me apasiona el fútbol y que sólo leo poesía.

–¿No vas a la playa?

–Acabamos de volver. Tengo la piel muy delicada, no puedo estar al sol a estas horas, bueno, a ninguna hora. Según mi dermatólogo, mi piel es una aberración en este país.

–Sí. Qué pecosa eres. Un mapa de pecas.

–De pequeña las odiaba, nadie tenía tantas pecas como yo en el colegio, era la rara. Luego me acostumbré. –Y pienso: cuando los hombres como tú me empezaron a decir que les encantaban.

–A mí me encantan.

Sonrío agradecida. He sido afortunada, nunca he

menospreciado ni dado por sentado el amor de los tíos, sé hasta qué punto mi vida depende de él.

–¿Te las han contado alguna vez?

–No...

–Ya imagino. Siempre pierden la cuenta antes de acabar, ¿no?

Nos echamos a reír los dos.

–Más o menos.

–Yo soy buenísimo con los números. –Y aparta la mirada, frunciendo el ceño, como si de repente tuviese que dedicar toda su atención a un tema importante y complicado.

–No lo dudo. ¿Te puedo preguntar algo?

–Sí, claro.

–¿Qué hacías en el funeral de mi madre? Eras tú, ¿verdad?

–Sí, era yo.

–¿La conocías?

–No. Mi padre la conocía.

–No me digas que somos hermanos.

Se echa a reír de nuevo.

–No, no.

–¡Uf! Menos mal.

–Mi padre tuvo, de joven, durante algunos años, un local de música en Barcelona, un bareto sin pretensiones, un antro más bien. Tu madre solía frecuentarlo. A partir de ciertas horas, mi padre cogía la guitarra y se ponía a cantar. A tu madre le gustaba mucho. Siempre le pedía la misma canción.

Habla como si me estuviese contando un cuento, érase una vez, hace muchos muchos años, como si tuviese un estuche lleno de perlas maravillosas y por alguna misteriosa razón hubiese decidido regalármelas todas a mí. Tiendo las manos heladas y acerco mi silla a la suya.

—¿Qué canción era?

—No lo recuerdo, supongo que alguna canción argentina. —Y prosigue—: A mi padre, claro, le impresionaba aquella mujer, culta y discreta, tímida y amable, que bajaba de la zona alta de la ciudad y que se emocionaba con sus canciones.

—No conocía esa historia.

—Tú no debías de haber nacido todavía. Un día, después del espectáculo, mi padre le comentó que tenía problemas de dinero. No eran amigos, pero charlaban como charlan, a veces, los habituales de un bar. Tu madre le dijo que la fuese a ver al día siguiente a su despacho. Al llegar, le preguntó cuánto dinero necesitaba, abrió un cajón y se lo dio. Sin preguntar cuándo se lo devolvería ni para qué era, sin apenas conocerle, sin pedir garantías de nada. Abrió el cajón y le dio el dinero. Mi padre le devolvió hasta la última peseta, pero nunca olvidó aquel gesto.

—¿Y qué ocurrió luego? ¿Se volvieron a ver? ¿Dónde está tu padre?

—No ocurrió nada. El dinero debía de ser para pagar deudas, supongo, mi padre era un desastre para los negocios. El bar acabó cerrando, mi padre regresó a Argentina. Murió hace unos años. Yo nací aquí, mi madre es catalana. Cuando me enteré de que había muerto tu madre y de que iban a enterrarla en Cadaqués, decidí ir a presentarle mis respetos, a darle las gracias de parte de mi padre.

–¿Y por qué no te acercaste a saludarme?

–Me pareció que no era el momento. Estabas rodeada de gente.

–Me hubieses arreglado el día.

Se echa a reír, mirando de nuevo a lo lejos.

–¿Tú crees?

–Tal vez no. Supongo que ese día ya no tenía arreglo. ¿Y la chica que iba contigo?

–Una amiga. Para eso están los amigos, ¿no? Para emborracharse, para ir a los funerales, para ese tipo de cosas.

De repente, suena el teléfono, es Óscar, acaba de llegar. Me están esperando para empezar a comer.

–Me tengo que marchar. Acaba de llegar mi ex marido número dos.

Me mira con cara de susto.

–¿Cuántos ex maridos hay?

Me echo a reír.

–No, no, sólo dos. Lo normal para una persona de mi edad con inquietudes.

–Ya veo. Hasta pronto.

Salgo corriendo del bar mientras jugueteo con las perlas rosadas, suaves y tibias que llenan mis bolsillos.

## 12

La gran mesa de madera rojiza con el pie de hierro de color lapislázuli que diseñó mi tío hace más de cuarenta años ocupa todo el comedor. Una ventanita de madera comunica con la minúscula cocina, pensada en una época en la que no había niños y se solía comer y cenar fuera de casa, y permite pasar los platos sin tener que levantarse. La estratégica colocación de las ventanas y de las puertas hace que corra el aire y que todo esté envuelto en una luz diáfana, sin sombras. Óscar y Guillem se tratan con respeto y simpatía y tratan al hijo del otro con un amor muy cercano al amor paterno. No sé muy bien cómo hemos llegado hasta aquí, apasionados y furiosos como somos, alérgicos los tres a la promiscuidad gratuita y a la tolerancia blanda de gran parte de nuestra generación. Óscar bromea con Edgar por su incipiente bigote mientras Guillem ata una servilleta al cuello de Nico para que no se manche. Sofía coquetea con Guillem y éste le lleva la contraria y se burla de cada cosa que dice, lo cual es, también, una vieja técnica de seducción. Elisa y Damián, inmersos en su tormentoso mundo de amantes enamorados, se cuentan secretos en voz baja. Ella le lía los cigarrillos. Sus manos se mueven veloces y concentradas, los gestos son precisos y femeninos, casi maternales, con la cabeza inclinada como si estuviese cosiendo y la suave cortina de cabellos tapándole la cara. Al acabar, se los deja delicadamente, como una ofrenda, delante del plato. De repente, me parece que, sin querer, estoy presenciando un acto de sometimiento voluntario, algo levemente erótico e impúdico que sólo debería ocurrir en la cama y en privado, un acto mucho más íntimo que bañarse en pelotas, una especie de servicio. Me educaste tan feroz y eficazmente contra cualquier tipo de sometimiento no lúdico que ni siquiera necesité convertirme en feminista.

Guillem ha comprado dos kilos de mejillones que devoramos como si nos hubiésemos quedado con ansias de mar. Bebemos vino blanco helado como si fuese agua. Elisa desaprueba sin decir nada nuestra forma voraz y egoísta de comer —más de un día, por estar en la cocina preparando algo, se ha quedado sin carne y sin ensalada o sin pastel— que el tiempo pasado en el mar al aire libre agudiza. Yo agradezco la transformación de príncipes de ciudad a pequeños bárbaros de piel salada y trigueña de mis hijos. De vez en cuando, si está mirando hacia otro lado, doy un lametazo a la mejilla, abombada, rosada y surcada de pecas, de Nico, que finge indignarse y, muerto de risa, me lo devuelve. En nuestros mejores momentos somos una manada de leones. Sofía le explica a Óscar por enésima vez que es gestora de una importante empresa mercantil.

–¿Tú crees que esta cabra loca puede tener un trabajo así? –me susurra–. ¿No debe ser una invención de las suyas para hacerse la interesante?

Y la majestuosa cabeza de toro de boca profunda y simétrica, mandíbula cuadrada y frente despejada y reflexiva ríe de ese modo infantil y gamberro en que ríen muchos hombres. Ríe como nuestros hijos, y como Guillem, cuyas manos gastadas, decididas y levemente estremecedoras no son muy distintas de las suyas. Y en sus suaves ojos oscuros se funden los ojos más apocados y enloquecidos de Santi y los más claros y tristes del misterioso desconocido de hace un rato, como en un caleidoscopio mágico capaz de convocar a la vez fragmentos del pasado, del presente y del futuro.

Sabemos, sin necesidad de hablarlo, que esta noche dormiremos juntos. En cuanto nos vemos, aunque sólo sea para ir a comer o para ir a la farmacia, nos convertimos en pareja, como si la suma de las dos partes no pudiese resultar en ninguna otra cosa, como si fuésemos la fórmula exacta y perfecta de algo, aunque no hayamos logrado, y tal vez ya no lo logremos nunca, averiguar de qué.

—¿Por qué no somos novios otra vez?

El sol se filtra a través de las descoloridas cortinas rosas y hace que todo el cuarto esté bañado en una luz dorada y tibia de destellos rojizos. Siento la felicidad boba e irresponsable de los despertares que suceden a las noches de muchos besos y algunos mordiscos.

Óscar abre un ojo y se echa a reír. Recuerdo una de las primeras veces que dormimos juntos, se marchó a trabajar temprano y al cabo de un rato me mandó un mensaje: «Me gusta abrir un ojo y verte a mi lado.» Nos metimos de cabeza en ese remolino que convierte en dioses invencibles a los mortales y que les hace creer durante un tiempo que no están solos. Y yo, que pensaba que el final de la historia con Guillem había significado el exilio definitivo de ese territorio, volví a habitarlo durante un tiempo, con la misma certeza y euforia y ceguera y agradecimiento de la primera vez. Una de las cosas más sorprendentes del amor es su milagrosa capacidad de regeneración. No he vuelto a poner los pies en esa isla cuyo camino secreto ignoramos todos hasta que un día, al abrir los ojos, como por arte de magia, volvemos a estar allí.

—Ven aquí.

—No, en serio.

El sexo por la mañana me quita toda la energía acumulada durante el sueño y me convierte en una lánguida damisela convaleciente y como deshuesada

125

durante el resto del día. Y hoy voy a ir a verte al cementerio.

–Ven, ven. Mira. –Levanta la sábana y con una sonrisa de oreja a oreja me enseña su cuerpo despierto. Pero yo no quiero volver a meterme en ese mar, necesito tocar tierra, olivos ásperos y retorcidos, piedras ardiendo, nubes altas y anémicas.

–Óscar, en serio, quiero ser tu novia –insisto, con un tono no muy distinto al que utilizaba de niña para convencer a la niñera de que me comprase un helado o de que me dejase ver una película de mayores, una mezcla gatuna de súplica y mando.

–Blanquita, nada me gustaría más, ya lo sabes, pero al cabo de dos días me volverías a mandar a la porra.

–No. No. –Lo digo agitando la cabeza con vehemencia, intentando barrer con mis cabellos pajizos todas nuestras dudas–. No follo con nadie como contigo. –Sigo sin entender que lo que mi cuerpo afirma, cada vez de un modo irrefutable, que estoy hecha para este tío, la vida, después, se empeñe en negarlo con una vehemencia también indiscutible.

–No es suficiente. No está mal –me mira un segundo con su sonrisa de lobo–, pero no es suficiente. Ya lo sabes. –De repente, parece cansado, como un actor que llevase años interpretando el mismo papel ante una protagonista mucho más joven e inexperta.

–Pero es mucho –digo, recordando con un escalofrío imperceptible la sensación de estupefacción y

126

de plenitud de la noche anterior–. Que sigamos atrayéndonos de esta manera después de tantos años es mucho.

–Sí, es increíble –sonríe. Cede. Cede, claro, a las alabanzas, como todo el mundo, y también a la luz de oro que baña la habitación y a mis hombros redondos y resbaladizos y a su propio cuerpo vigoroso y deslavazado como el de un adolescente, y al que es incapaz de negarle nada sensual que no sea nocivo para su salud–. Yo en cuanto te veo pienso: «Follar, follar, follar.»

–Y nos queremos.

–Sí, nos queremos mucho. –Se queda callado un momento–. Pero no nos soportamos. Tú no me soportas. Y me sacas de quicio, nadie ha conseguido sacarme tanto de quicio.

Me echo a reír, aunque hace años que no considero la capacidad de hacer enfurecer a la pareja algo especialmente meritorio, sino uno de los escalones más bajos de la pasión.

–¿Te acuerdas de aquella vez que íbamos en moto y te enfadaste tanto, no recuerdo por qué, que me hiciste bajar y me dejaste allí tirada en medio de la calle?

–¿Y que tú me tiraste el casco a la cabeza y casi provocas un accidente?

–Casémonos. –Lo digo con la frivolidad y la ligereza con la que suelo hablar de las cosas importantes y graves. Sólo puedo hablar en serio y durante horas

127

de bobadas, los asuntos importantes, el amor, la muerte, el dinero, los despacho con una frase, un levantamiento de cejas y una carcajada nerviosa, por pudor, supongo, pero también por indolencia y debilidad de carácter. Óscar lo sabe bien, y además es demasiado listo para contestarme en serio a una propuesta que, por razones diferentes, por amor, por celos, por miedo, nos hemos ido haciendo a lo largo de los años.

Se echa a reír.

–Estás loca. ¿Y dónde viviríamos? En tu casa no quepo.

–Ah. –Pienso en la buhardilla de madera y luz en la que vivo con los niños como en una pequeña madriguera confortable colgada entre los árboles, que huele a grosella y a rosa y a galletas maría y que el olor de madera y pimienta y musgo de un hombre perturbaría–. Yo no puedo dejar mi buhardilla, me encanta.

Nos quedamos callados un momento.

–¿Lo ves? Eres incapaz de hacer ningún sacrificio por nadie.

–No es cierto –protesto débilmente.

–Incapaz de renunciar a esta vida desordenada e infantil que llevas, al deseo de ser siempre diferente a los demás, de hacer siempre lo contrario.

–No es cierto. Si tú no fueses tan rígido e intransigente. Vi la cara que ponías ayer cuando los niños se comieron la tercera crep de chocolate.

–Es que eso fue una idiotez. Tres creps de chocolate no son una cena. Y, además, no veo por qué se tiene que cenar cada día fuera de casa. Es gastar por gastar.

Recuerdo las discusiones infinitas sobre si era necesario o no comprarle otro par de deportivas a Nico, sobre mi tendencia al despilfarro –con mi propio dinero, jamás con el suyo–, sobre los niños que no se pueden levantar de la mesa hasta que se lo hayan comido todo, que no pueden ver más de una hora de televisión al día, que no pueden dormir en la cama de los padres, que ya tienen demasiados juguetes. Y la señora de hacer faenas que no roba pero que es una perezosa y a la que siempre pagaba con algunos días de retraso, como para hacerle notar que no estábamos del todo contentos con su rendimiento. Y el restaurante encantador pero podríamos haber comido lo mismo en casa. Y el día que nevó en Barcelona y que tuvimos que ir a rescatar a los niños, andando hasta la otra punta de la ciudad, que yo viví como una aventura mágica –la heroína de cuento con sus botas empapadas luchando contra los elementos para ir a salvar a sus retoños, que no habían podido regresar a casa con la canguro porque el metro había dejado de funcionar y no había ni un solo taxi, en medio de un caos algodonoso y festivo, las luces de los coches como luces de Navidad, iluminando los pequeños copos helados que se me enredaban en las pestañas y se adherían a los labios– y él como un incordio insoportable. Los andamios razonables,

129

realistas e irrenunciables de la vida de Óscar que para mí son como las rejas de una cárcel. Y mi oleaje incesante que para él es sinónimo de trivialidad, exceso de confianza y dejadez.

–Bueno, pues seamos amantes al menos.

–No. Yo lo quiero todo o nada.

–Hablémoslo.

–Lo hemos hablado mil veces, Blanquita. Tú no quieres tener una relación. –Lo dice con cansancio, en voz baja–. O no conmigo –añade con el tono neutro en que decimos las cosas que, con un mismo filo y en un mismo gesto, degüellan y nos degüellan–. Y, de todos modos, me tengo que marchar, tengo mucho trabajo en Barcelona.

Sé que no es cierto, porque es viernes, porque es verano y porque, últimamente, los fines de semana los pasa siempre con su novia.

–Te vas con la puta esa, ¿no? –No quiero ponerme triste, después de todo la tristeza es un sentimiento fino, modulado, profundo y de largo recorrido, prefiero enfurecerme.

–No es una puta. Es muy simpática –dice.

Salto de la cama con un gruñido.

–Simpática, eso sí que es una virtud interesante –murmuro. Y cierro la puerta de un portazo, sorda a sus jocosas súplicas.

Óscar pasa el resto de la mañana de un humor risueño mandando y recibiendo mensajes. Se marcha después de comer.

–Yo siempre estaré –me dice al despedirse–, nunca me perderás.

–¿En serio? –le digo.

–Claro. Nadie te querrá como te quiero yo –afirma, con expresión grave.

–Hombre, tal vez alguien sí, ¿no?

Y añade, como si no me hubiese oído:

–De todos modos, la vida da muchas vueltas, nunca se sabe.

–Es cierto.

Pero tal vez la nuestra ya ha dado todas las vueltas que podía dar y la rueda de la ruleta se ha detenido por última vez, de nuevo, en un número perdedor. Y ya estamos absolutamente arruinados. Me gustaría poder reconstruir el mundo, o un amago de mundo, con las piezas que tengo, recomponer el rompecabezas y que algo volviese a ser como antes, no tener que aventurarme fuera nunca más, pero supongo que ya faltan demasiadas piezas.

Intenta besarme en los labios, pero giro la cara.

En cuanto he cerrado la puerta, Guillem exclama, contento de volver a ser el único hombre adulto (Damián, al ser un mero visitante sin ninguna relación sentimental conmigo, no cuenta):

–Menos mal que se ha ido, este tío es muy rígido, no entiendo qué le ves.

Intento reír.

–Sí, tienes razón, el otro día no quería que los niños tomarán tres creps para cenar.

131

Les doy una cantidad desorbitada de dinero para ir a comprar panqueques con dulce de leche al argentino de al lado de la iglesia. Me digo que nada importa demasiado, que, en efecto, la vida da muchas vueltas. Pero tengo la sensación de haberme tragado un pedazo de cristal.

# 13

Los niños, agotados después de otro día de mar, se van a dormir temprano. La terraza está prácticamente a oscuras y del pueblo sube el bullicio alegre y cálido de las noches de verano. La iglesia, majestuosa, iluminada como un decorado de teatro, parece vengarse del protagonismo diurno del mar –que ahora, obediente, como una balsa oscura y taciturna, se limita a reflejar la luz blanca de la luna y la más amarilla de las farolas del pueblo– y cobijar, bajo sus alas encaladas, las casas que se arremolinan a su alrededor. Damián y yo, como dos niños enfermos que se toman el jarabe que les tiende su madre, fumamos los porros que Elisa, hacendosa, nos prepara. Los veo cuchicheando, en el otro extremo de la terraza, ella, de nuevo recogida hacia delante, le habla sin mirarle, él la escucha mirando al horizonte y sonriendo. Guillem y Sofía beben –nunca he visto a Guillem fumar porros, tampoco a Óscar– mientras él intenta convencerla de que le ayude a quitar las malas hierbas que han invadido el jardín trasero. Han venido unos amigos de Damián con los cuales he coincidido en varias ocasiones en cenas y eventos sociales. Los observo a través de la lucidez mezquina y cruel que otorgan el alcohol, los porros, el desapego y las ideas negras sobre Óscar y Santi, con el que he quedado mañana. Los hombres, muy simpáticos y un poco formales, utilizan la cultura y un sentido del humor muy calculado como protección contra el mundo y como maniobra de despiste de un físico incómodo y poco agraciado –que sin embargo no les impide juzgar cruda e implacablemente la belleza femenina–, cierta caballerosidad afectada y condescendiente como sustituto de la buena educación y una manera pulcra y pequeñoburguesa de vestir, como si su madre todavía les escogiese y les planchase la ropa. Sus armas son la inteligencia, el sentido del humor y un ojo infalible para detectar las miserias ajenas. Los dos escriben. Ellas son guapas y finas, listas, cautas y discretas. Hablan poco, con dulzura y una afabilidad desconfiada, mientras miran a su alrededor con disimulo. Han traído una guitarra. Juanito, el más bajo, el más gracioso y opaco, se pone a tocar y a cantar, las mujeres le acompañan. Desgranan con gracia y entusiasmo canciones de amor sudamericanas. Pienso que tal vez alguna de ellas sea la que tanto te gustaba cuando ibas al chiringuito de aquel señor. Sofía –que se ha puesto a cantar a voz en grito en cuanto ha sonado el primer acorde de la primera ranchera que conocía– y Guillem se ponen a bailar. Se me acerca Pedro, el otro amigo de Damián, que se muestra solícito y cariñoso como siempre. Me habla de su última estancia en Nueva York, de sus hijos de diferentes madres, desperdigados por el mundo, uno aquí y otro en Ámsterdam, del dinero que le cuestan. Hemos almorzado juntos algunas veces y siempre ha pagado ostensiblemente –tal vez un poco demasiado ostensiblemente– él.

–¿Cómo estás tú? –me pregunta.

–Mal. Cansada. Echo de menos a mi madre. –Pienso que tal vez debería haberle mentido. Haberle dicho que todo está controlado. La verdad es una puerta que abro cada vez menos, el alto y resbaladizo muro de la mentira y la cortesía y la sonrisa veloz me protege como un manto, pero hoy no tengo fuerzas ni ganas de levantar esa pared–. A veces tengo la sensación de haberlo perdido todo –añado, esperando que me responda con el habitual silencio de circunstancias que envuelve a la muerte. Doy otra calada al porro. Miro a Damián, que, al otro lado de la terraza, como si fuese mi reflejo, también fuma pausadamente, sus ojos, enrojecidos y relucientes, se miran largamente en los míos como en un espejo oscurecido por el humo, como si intentásemos reconocernos. Le sonrío, debe de ser un buen compañero de juergas, entusiasta y valeroso, supongo que Elisa, además de

135

hacerle de madre y de acostarse con él, le protege de sí mismo.

—Pero vamos a ver, Blanca, sabes perfectamente que eso no es cierto —me interrumpe Pedro, rompiendo el vínculo narcotizado y somnoliento que, inesperadamente, me ha unido a Damián—. No pareces una persona dejada. —Lo dice con cierta brusquedad y abriendo mucho sus ojos de monito listo, como si de repente se hubiese dado cuenta de que está hablando con alguien más tonto de lo que pensaba.

—Quiero decir que han muerto casi todas las personas a las que más he querido y que he perdido muchos de los lugares de mi infancia y juventud —explico.

—Pero esas personas y esos lugares los observaste cuando eran tuyos, ¿no? —sigue con el tono levemente irritado de un profesor ante un alumno súbitamente decepcionante. Me doy cuenta de que estamos los dos colocadísimos.

—Sí, claro. Podría describirte cada rincón de la casa de mi madre. Conozco y recuerdo todos los tonos, del caoba al granate al negro, que adquirían con el paso de las horas y la caída del sol las librerías de caoba donde guardaba sus libros. Sé la temperatura exacta de pan recién salido del horno que tenían las manos de mi padre y te podría dibujar ahora mismo el pequeño vaso de vino tinto a medio llenar que tenía siempre en la cocina. ¿Quieres que te lo dibuje? Te lo puedo dibujar ahora mismo. Ve a buscar lápiz y papel y te lo dibujo.

–Querida –prosigue él sin moverse de mi lado–, la observación, no sólo el amor, nos hace dueños de las cosas, de las ciudades que hemos visitado, de las historias que hemos vivido, de la gente, de todo. Todas las cosas por las que has pasado sin indiferencia, con atención, son tuyas. Las puedes convocar cuando te dé la gana. –Su estrecha cara de mayordomo del capitán Haddock se frunce en una mueca feísima. Tengo ganas de alisársela suavemente con la yema de los dedos, pero me limito a pasarle el porro. –No, tío, no. –Me doy cuenta de que nunca le había llamado «tío»–. Yo creo que hay cosas que hemos perdido para siempre. De hecho, creo que somos más las cosas que hemos perdido que las que tenemos. –Levanto la vista hacia tu habitación oscura a cuya puerta, desde que llegó, hace guardia Patum. Al final, tampoco hoy he ido a verte al cementerio.

Poco a poco, se va tejiendo un hilo entre los que estamos cada vez más colocados, una delicada tela de araña que excluye, sin querer, a los lúcidos. Sonrío entre brumas a Damián, que parece estar muy lejos. Frunzo los ojos para verle mejor. La mirada interrogativa y fulminante de Elisa, que apenas bebe, no fuma más que cigarrillos y es implacable con todo el mundo menos con sus novios, me resbala, como algo levemente aceitoso y desagradable, y prosigo la conversación muda y disparatada que mantengo con los ojos cada vez más borrosos de su novio. Le hago una señal para que se acerque a nosotros, temerosa de que

137

acabe disolviéndose del todo en la bruma y desaparezca para siempre. Se sienta a mi lado y charla con Pedro. Por un instante, me parece que todo es perfecto, que nada está perdido y que Pedro tiene razón. La música se mezcla con las voces de mis amigos y con el rumor del mar como una nana familiar y protectora. Apoyo la cabeza en el hombro de Damián y cierro los ojos.

Me despierto con una resaca monumental. Debe de ser tarde porque no oigo a los niños, que ya están en la playa, y porque por la ventana entra una luz insolente e implacable que, incluso cerrando los ojos, me sigue pinchando los párpados y las sienes. Me pongo mi batín de Dama de las Camelias y subo lenta y cuidadosamente las escaleras intentando moverme lo menos posible para que mis pasos no resuenen en mi cabeza. Preparo una infusión y me pongo a hojear un periódico viejo. En ese momento, aparece Elisa.

–¡Hola! –Estoy contenta de verla, desde que sale con Damián casi no hemos hablado–. ¡Qué bien lo pasamos ayer!, ¿no? Son simpáticos vuestros amigos, lo de traer la guitarra fue una gran idea. Tenemos que repetirlo.

Me mira sin decir nada, muy seria. Tiene cara de cansada y ojeras, pero no las ojeras buenas de diversión y besos, ojeras de insomnio y preocupación.

–Elisa, ¿qué pasa?

–Sabes muy bien lo que pasa.

138

–No, no sé lo que pasa. Y me muero de dolor de cabeza, así que no estoy para adivinanzas. ¿Me lo puedes decir, por favor? –Empiezo a sentir cierta aprensión, una vaga inquietud relacionada con las brumas de la noche anterior.

–Pasa que ayer vi algo que me inquietó y me entristeció mucho. –Se queda callada y me mira con la misma expresión, dura y grave, ahora la recuerdo, de la noche anterior.

–¿Qué viste?

–Te vi darle las buenas noches a Damián.

Me echo a reír pensando que me está tomando el pelo.

–Sí, y me besó en la boca, como hace siempre.

Pienso que no es la primera vez, ni será la última que, después de una noche de fiesta, me despido de un amigo con un fugaz beso en los labios. En el caso de ayer, la iniciativa fue suya y por un instante pensé en rechazarlo, pero me dije, divertida, que era un descarado (y en esta época de cobardes los frescos merecen un reconocimiento), y vi, como un rayo, a nuestro lado, la mirada oscura de Elisa, pero todo ocurrió muy rápido y cuando hube acabado de pensar, el aleteo de sus labios sobre los míos también había terminado.

–Ah, lo hizo él. ¡Uf! ¡Menos mal! Y después me besó Pedro.

–Blanca, querida, no estoy hablando de Pedro. Ya sé que a ti te besa mucha gente.

139

Me echo a reír de nuevo, incrédula ante la conversación que estamos teniendo, tan impropia de nosotras y de nuestra amistad.

–Elisa, ¿de verdad se te puede cruzar por la cabeza que yo seduzca a tu novio? ¿Te has vuelto loca?

–Sí, puede que yo esté completamente loca, pero sé lo que vi y naturalmente pude ver mal.

–Elisa, no me besó, nos rozamos los labios. Estábamos muy colocados. Somos amigos. En fin, te prometo que no volveré a darle nunca ningún beso de ningún tipo.

–Blanca, querida, hace días que veo cómo te agarras a su brazo.

Me echo a reír de nuevo.

–Es la verdad –añade en voz baja.

–Damián me cae bien y punto. Pero de acuerdo, dejaré también las muestras físicas de cariño. ¡Elisa! –Me levanto y la cojo por los hombros como intentando despertarla de una pesadilla–. ¿Tú crees en serio que yo me liaría con Damián? Es un disparate absoluto.

–¡Ah, claro! –exclama más indignada todavía–. Es posible que sea un completo asco liarse con Damián y que sólo yo sea tan estúpida como para hacerlo.

–No, no es eso. No me liaría nunca con el novio de una amiga. Deberías saberlo. Con la cantidad de hombres que hay por el mundo. –Me empiezo a dar cuenta de que da absolutamente igual lo que yo diga.

—Pero sí te pegarías a él y sí te despedirías con un beso en los labios.

—Te aseguro que pegarse a un hombre es otra cosa. Elisa, somos amigos, nada más.

—Blanca, lo vuestro no es amistad, es coqueteo.

—La amistad es siempre coqueteo.

—¡Ah! En ese caso, ¡adelante! —Hace un amplio gesto con la mano, como si estuviese ordenando a un ejército que avanzase.

—Elisa, en serio, Damián no me gusta, me cae bien. Y fue un beso que apenas me rozó los labios. —Me doy cuenta de que voy a tener migraña todo el día—. De todos modos, besarse en la boca no es algo tan íntimo, lo hago con mis hijos, con mis amigos, con mis amigas —añado.

—¿Sabes una cosa, querida Blanca? Esa idea infantil que tienes de un nuevo tipo de sociedad, que en teoría nuestra generación está construyendo sin que nadie se dé cuenta, donde todo el mundo se entienda y bese a quien quiera cuando le apetezca y entra y salga de las relaciones como quien entra y sale de su casa y tenga hijos por aquí y por allá, sólo funciona cuando los demás te importan una mierda.

—A mí los demás no me importan una mierda.

—A ti te importa todo el mundo una mierda. Menos tus hijos y tal vez tu madre. ¿Y sabes qué? Estoy harta de psicoanalizarte. Tu madre ha muerto, era mayor y estaba muy enferma y en los últimos seis meses sufrió mucho y te puteó mucho, pero tuvo una vida maravillosa, amó y fue amada, tuvo éxito, amigos, hijos, se divirtió y, según cuentas, hizo siempre lo que le dio la gana. Y la querías y estás triste y un poco perdida, pero eso no te da derecho a poner patas arriba la vida de todo el mundo.

–Yo nunca he querido poner patas arriba la vida de nadie. ¿Sabes cuál es tu problema, Elisa? –Y, sin darle tiempo a responder, añado–: Que eres una cobarde, por eso te has negado siempre a probar las drogas, por eso no quieres tener hijos, por eso necesitas tener siempre un novio al lado. Por miedo. Vives en una jaulita, reconócelo. –Estoy convencida de que en cualquier momento, la sien izquierda me explotará, saldrá disparada una parte de mi cerebro y eso zanjará por fin la discusión.

–Dice la niña pija que vive de renta, que no ha pisado un hospital público en su vida y que protesta cuando quedamos en los «barrios bajos», en los que, por cierto, vivo yo. No te engañes, la que vive en una jaula y en un mundo de fantasía absolutamente inventado, que tiene muy poco que ver con la realidad, eres tú.

–Yo no vivo de renta.

–Me voy. Es muy difícil discutir con alguien que lo único que intenta permanentemente es decir cosas graciosas. Damián me está esperando en el parking.

Cuando está cruzando el jardín, le digo a voz en grito:

–¿Y sabes qué? Mis besos son míos. Yo no doy

explicaciones a nadie sobre lo que hago con ellos, los reparto como me da la gana, los comparto con quien quiero. Como el dinero. Sólo que los besos los tiene todo el mundo, son mucho más democráticos, más peligrosos también, nos ponen a todos al mismo nivel. Y si tú hicieses lo mismo, si todo el mundo hiciese lo mismo, el mundo sería un poco más caótico, pero mucho más divertido.

–Adiós, Blanca.

Da media vuelta y se va. Oigo un silbido y, al levantar la vista, veo a Guillem asomado a una ventana. Me mira con la boca abierta, se lleva el dedo a la sien y hace el gesto de «estáis locas». Cierro la puerta violentamente y me echo a llorar.

## 14

Guillem se va a buscar a los demás a la playa para ir hasta el faro en barca y yo paso el resto de la mañana sola en casa con Patum, paseándome como un alma en pena con un pequeño hatillo de hielo picado que me voy pasando por la frente para intentar anestesiar la migraña. Patum sabe que ya no estás, no entra en tu cuarto, se queda en la puerta esperándote y olfatea cada rincón de la casa en busca de tu olor o de alguna señal que indique que vas a volver. Yo también. He pensado en repetir alguno de los viajes que hicimos juntas, a Atenas, a Venecia, a Nueva York. Tal vez allí te encuentre. Ayer me dijo Guillem que el veterinario le ha dicho que Patum no vivirá mucho, que duda que llegue al invierno. Es la última de una camada gloriosa que nació en casa y que repartiste entre tus amigos de entonces. Recuerdo mi angustia y tu entusiasmo al ver a Nana ir dejando paquetitos de carne palpitante y viscosa por toda la casa, creo que nacieron nueve, uno murió a las pocas horas, pero los demás sobrevivieron. Hiciste construir un gran cajón de madera que colocaste al lado de tu cama y pasaste semanas observándolos y cuidando de ellos, absolutamente indiferente al olor de criadero que invadió tu refinada habitación de moqueta color frambuesa, espejos, cómodas de caoba y cuadros de mujeres voluptuosas, encargándote de que los más glotones dejasen comer a los más débiles y delgaduchos y de que Nana, la madre, pudiese descansar. No era difícil conocer a la niña que fuiste; la quise, también, a esa niña.

Patum me mira con cara de pena, me quiere con un amor irracional y desproporcionado, que tal vez sea el único tipo de amor que vale la pena, el que no nos merecemos, pero ahora es el perro de Guillem, quizá siempre lo fue, después de todo, fue él quien le puso el nombre y las cosas, y no sé si las personas, pertenecen a quien sabe nombrarlas. Temo su muerte y que este lado del mundo se esté quedando tan vacío, hay días que siento el soplo de mis muertos en la nuca, como una fuerza silenciosa y orgullosa que me empuja, pero hay otros en los que detrás y delante sólo hay precipicios. Pienso en Rey, con su viejo manto blanco oscurecido por el tiempo, él también se ha quedado sin dueña.

Espero a que los niños vuelvan de la excursión en barca, felices y exhaustos, Edgar cada vez más

145

dorado y Nico cada día más pecoso, no puedo evitar reírme como la bruja mala del cuento al pensar en los corazones que romperán y que les romperán, en las tragedias sentimentales que nos esperan, los dos tan dotados –incautos, sensibles, apasionados, púdicos–, tan predestinados, aunque todavía no lo sepan, para ese juego. Me excuso de la comida y me voy a mi habitación, esperando que el sueño y la oscuridad total me alivien el dolor de cabeza. Los oigo sentarse a la mesa entre risas y gritos mientras Sofía viene a preguntarme si necesito algo y a ponerme un poco de colonia de limón en la frente. Al cabo de un rato, baja Guillem.

–¿Cómo se encuentra la Dama de las Camelias? –dice sentándose a mi lado en la cama–. ¿Tienes hambre? –Todavía lleva el traje de baño, un calzón de rayas amarillo y celeste que le llega a medio muslo y una de sus camisetas del instituto en el que da clases. Está muy moreno y parece contento.

–No, no, gracias.

–No sé por qué fumas esas mierdas.

–Tienes razón. ¿Me puedes dar la mano por favor y quedarte un rato haciéndome compañía?

Me coge la mano con un gruñido; Guillem es poco dado a las muestras verbales de afecto y a los gestos de cariño, a toda la parafernalia con la que la mayoría de nosotros vestimos nuestro amor. Y sin embargo me fío ciegamente de que en cualquier circunstancia grave hará siempre lo correcto, lo decen-

146

te, lo compasivo. El resto del tiempo se dedica a reírse de sí mismo y de los demás, a beber y a intentar que sus alumnos aprendan algo de historia. No lo sabía cuando le conocí, ni tampoco cuando nos separamos, pero lo sé ahora, que todavía queda tiempo.

–Está loca tu amiga Sofía –dice con despreocupación pero mirándome fijamente y con cierta urgencia.

–Sí, es todo un personaje.

–Te quiere mucho. Ayer pasó horas hablando de ti –añade.

–Yo también la quiero, es una gran persona. Te gusta, ¿no?

–No está mal, pero si tú no quieres... –dice, dejando la frase en suspenso. Sonrío al pensar que estoy en uno de mis lechos de muerte y que mi ex marido me está pidiendo permiso para salir con mi mejor amiga. Seguramente yo también le pediré su bendición si algún día me vuelvo a enamorar, después de todo él y Óscar son lo más parecido que tengo a un padre.

–Adelante –le digo, apretándole la mano más fuerte–. Pero si te hace daño, la mataré.

Sonríe.

–Esperemos que no sea necesario –dice dando por concluido el asunto–. Bueno, voy a subir, que si no estoy yo, los niños no comen. –Y sale sin hacer ruido de la habitación.

Afortunadamente, los celos caducan, pienso

147

mientras apoyo el hatillo de cubitos de hielo contra mi ojo derecho. El amor no, al menos en mi caso. Sigo queriendo a toda la gente a la que un día quise, no puedo evitar ver, a través de todas las deserciones y de la mayoría de las deslealtades propias y ajenas, a la persona, prístina y clara, de antes de que todo se convirtiese en ceniza. Con cierta heroicidad estúpida, no reniego de ninguno de mis amores ni de ninguna de mis heridas. Sería como renegar de mí misma. Sé que no es así para todo el mundo, el manto del oprobio es grueso y resistente, y muchos llevan sus odios y resentimientos como insignias, espadas en alto, con tanto orgullo y tenacidad como sus afectos. ¡Hace ya tantos años que Guillem y yo nos separamos! Le quiero pero le liberé de mi amor, uno se puede liberar solo, claro, pero siempre es más fácil si el otro tiene la generosidad de darte una patada clara, no es fácil renunciar al amor de nadie; el pobre Óscar, en cambio, arrastra mis grilletes –y yo los suyos– como el fantasma de Canterville, ruidosa y pesadamente.

Duermo hasta la tarde. Al despertarme, tengo un mensaje de Damián pidiéndome disculpas por haberme metido en «este lío» y otro de Santi proponiéndome encontrarnos durante un par de horas en un hotel. Borro el de Damián sin contestarlo y quedo con Santi por la noche.

Antes de salir de casa, veo a Guillem y a Sofía enredados en la hamaca de la terraza mientras Úrsula friega los platos con gran estruendo. Edgar está en su cuarto jugando con el ordenador y los más pequeños hace rato que duermen. Cruzo el jardín acompañada por el canto de los grillos. Un pequeño lagarto se asusta al oír mis pisadas y desaparece veloz y frenético entre las piedras todavía tibias. El pueblo está lleno de gente, familias satisfechas, jóvenes esperanzados, niños muertos de sueño, tiendas abiertas y terrazas abarrotadas ante un mar mudo de plata sucia. Un grupo de pachanga toca en la plaza e intenta animar, sin demasiado éxito, a los veraneantes a bailar, sólo algunos padres, parapetados por sus diminutos hijos, se aventuran a dar unos discretos pasos de baile al ritmo de la música. Al pasar por el casino, veo al misterioso desconocido sentado en la puerta bebiendo cerveza con sus amigos, reconozco a la chica del funeral, que me mira sonriendo. Él se levanta al verme y se me acerca.

–Hola. ¿Cómo va todo? –dice.

Me doy cuenta de que se le está pelando la nariz y de que el dedo gordo del pie le sale por la mugrienta alpargata agujereada. Me mira con atención y cierta distancia pero sé que los días pasados al sol, el reflejo dorado de las farolas recién encendidas, las horas de sueño y la perspectiva de ir a encontrarme con mi amante juegan a mi favor, colorean mis mejillas y hacen que me brillen los ojos. Me pongo muy derecha y saco un cigarrillo. Él también despliega sus plumas, mete las manos en los bolsillos y me veda imperceptiblemente el paso. Por primera vez pienso con una mezcla de indiferencia y de aprensión que tal vez sea más joven que yo, pero nunca tuve conciencia de que mi juventud fuese un arma de seducción –aunque tampoco se me ocurrió nunca que un día se acabaría–, así que de momento observo sin entusiasmo pero sin demasiada desesperación el inicio de la decadencia física, a la que seguirá, probablemente, la decadencia mental.

–Bien.

–¿Quieres tomar algo?

–Me encantaría, pero tengo un poco de prisa.

–Ya, tantos hombres a tu alrededor. –Pienso en Santi, que ya debe de estar esperándome y al que, desde que hemos quedado, tengo menos ganas de ver que antes, y pienso en los otros hombres que como parches camuflan una reticencia profunda a volver a intentar construir algo que, de todos modos, acabará en ruinas. Y sin embargo cada día ignoro menos el carácter enfermizo de la soledad y la facilidad con la que, a algunas horas, resbala por la pendiente lisa y resbaladiza de la desesperación–. Bueno, otro día –añade, haciéndose a un lado. Me besa y siento su mejilla rubia, rasposa, tibia y prometedora contra la mía.

–No, no, en realidad todavía tengo un rato –digo mirando mi reloj de pulsera y fingiendo calcular el tiempo–. Por cierto, ¿cómo te llamas?

–Martí.

–Encantada, yo Blanca. –Le tiendo la mano en

un gesto automático, un poco absurdo y formal puesto que ya sé por su manera de mirar a los ojos y por el tacto de su mejilla que me la estrechará con firmeza y que su palma estará seca y será cálida. Nos unimos a su grupo de amigos, un chico y dos chicas, que me acogen amablemente, con la curiosidad socarrona y afable típica del Empordà. Las mujeres, solteras, ninguna amarrada al compromiso que se cuenta en años o en hijos y que amordaza la boca o suelta la lengua –no he oído nunca a nadie hablar con más crudeza y crueldad de los hombres que a las mujeres felizmente casadas–, hablan de tíos. Ellos las escuchan jocosos y sarcásticos pero sin contestar con ninguno de los tópicos irritantes, mayoritariamente falsos y aburridísimos que a veces nos atribuyen y nos atribuimos.

–¿Tú qué buscas en un tío? –me pregunta, de repente, la chica a la que no había visto nunca, una joven de larga melena castaña, ojos oscuros y mirada hambrienta, con la familiaridad que suelen provocar casi de inmediato entre mujeres las conversaciones de este tipo.

Me quedo pensativa un momento, sin saber si contestar en broma o en serio, deliciosamente consciente de la presencia erguida y delicada de Martí, mucho más alto que yo, a mi lado.

–A mí me gustan los tíos que me dan ganas de ser más lista de lo que soy. –Y añado en voz baja–: Normalmente me dan ganas de ser más tonta.

–¡Uf, niña! –exclama la chica riendo–. Tú pides mucho.

Sigue una larga conversación, en la que Martí y yo apenas participamos, sobre lo que buscan hombres y mujeres en el sexo opuesto. De forma natural, sin ningún intento consciente por parte de ninguno de los dos, nos separamos del grupo. Me doy cuenta de que estoy nerviosa, todavía no he sido capaz de pronunciar su nombre y la copa, que hace un momento, rodeada de gente y de risas, sujetaba con firmeza entre los dedos, ahora me tiembla un poco. También se me hace dolorosamente patente, de golpe, la espera inútil y cruel de Santi en el hotel.

–Ahora sí que me tengo que marchar. Es tarde.

–Y como para retrasar el momento en que me dirá adiós de nuevo y me tendré que marchar de verdad, añado–: ¿Cuándo es tu cumpleaños?

Me mira perplejo.

–No me digas que crees en los horóscopos.

–No. No mucho. Sólo quería saberlo para regalarte unas alpargatas nuevas.

Se mira los pies y agita el dedo gordo que le sale por el roto del zapato.

–Pero si éstas están perfectas –dice, sonrojándose un poco–. Son muy fresquitas.

–A ver, déjamelas probar. –De repente, vuelvo a estar en el terreno de juego, donde me siento tan cómoda y segura, y que considero mucho menos intrascendente de lo que alguna gente cree; algunas de las certezas más fulgurantes de mi vida me han venido mientras jugueteaba. Con cierta vacilación se saca la alpargata y la deposita delante de mí. Sumerjo el pie en el inmenso zapato, casi tan grande como una pequeña balsa de salvamento, y siento la suela de esparto, seca y dura, y la lona azul marino, acartonada, descolorida y con vetas blancas dibujadas por la sal del mar que me raspa un poco el empeine–. Me van perfectas –digo, mirándome la uña roja del dedo gordo, tan incongruente como una nariz de payaso en medio de un rostro limpio–. Creo que me las voy a quedar.

–Así acaba el cuento de la cenicienta, ¿no?, encontrando el zapato a su medida –dice Martí observándome, con una sonrisa tranquila.

–¡Es verdad! ¡No lo había pensado! –Desenfundo cuidadosamente el pie de la alpargata y se la devuelvo–. Me tengo que marchar. Hasta pronto, Martí.

–Le beso en la comisura de los labios y salgo corriendo, antes de que mi vestido de princesa se convierta en un traje de harapos y yo en una calabaza.

Nunca había estado en un hotel en Cadaqués, y aunque la vista desde el balcón me sea tan familiar, vuelvo a estar en el territorio siempre un poco inquietante y extranjero de los hoteles para no dormir en los que aunque uno esté acompañado siempre está solo, como un soldado a punto de empezar a luchar, y en los que se obtiene un descanso de guerrero, breve, profundo y provisional.

–Llego tarde, lo siento –me disculpo.

–No te preocupes, pero casi no tengo tiempo. Veo por la ventana que ha anochecido del todo, debe de ser casi medianoche. Me sonríe con su cara de pena, con sus ojos brillantes de niño perdido y toxicómano. No está enfadado, haga lo que haga y diga lo que diga, Santi nunca se enfada conmigo, creo que piensa que mis desplantes y exabruptos son el peaje a pagar por la desigualdad de nuestra relación, no se da cuenta de que lo que no se da, no se puede perder y de que si algún día lo dejamos, yo soy la que perderá menos de los dos.

Me desviste metódicamente y con cierta torpeza lenta y apreciativa, tiene los ojos rojos y la boca le sabe a papel secante, se ha debido de fumar un porro mientras me esperaba. Me dejo hacer, sensible y atenta, al acecho de ese momento en el que perderé el equilibrio y el calor de mi vientre se propagará como una explosión por todo mi cuerpo. Se corre en un minuto y medio, como un bebé, suave y mansamente, incapaz de llevarme con él hasta la otra orilla, y pasa los diez siguientes, que, dada la falta de tiempo, hubiese podido utilizar para hacer algo más útil, disculpándose.

–Lo siento, estoy megacansado.

–No te preocupes –le miento, con cierto mal humor, mientras mi cuerpo enfurruñado se enfría, mis labios se secan y mi deseo se queda revoloteando por la habitación, sin un objetivo concreto, como una nubecita persistente y perezosa.

154

Se levanta y de repente le veo reflejado en el espejo del armario. Me cuesta reconocerlo, por primera vez veo que tiene la cabeza pequeña y que se está quedando calvo.

–¿No te parece que utilizas el prefijo «mega» con demasiada frecuencia? –le digo, afilando lentamente las palabras.

–Antes te encantaba, te morías de risa.

–Mi madre se revolvería en su tumba si te oyese. Me sonríe dulcemente con sus dientes manchados de nicotina. Le miro con atención y observo cómo su disfraz –la piel morena, la barba de cuatro días, los dry martinis, las manos de lobo feroz, la pulsera vieja recuerdo de algún festival de música– se desintegra lentamente. No es que el hombre que tengo delante sea feo, al contrario, pero no es el hombre del que me enamoré, ya no es un todo, es sólo un conjunto de cualidades y defectos, un hombre como tantos otros, que mi amor ya no protege ni inventa, a la intemperie.

–¡Qué pena! Me tengo que marchar –me dice con sus ojos de huérfano mientras el nubarrón invisible se posa sobre su imprudente cabeza y se va hinchando de lluvia.

–Sabes lo que ocurrirá, ¿no? –le pregunto.

–¿Qué?

–Tu mujer te volverá a dejar, se volverá a enamorar de otro hombre.

–No le será fácil encontrar a otro hombre, no es como tú.

Pienso con cierta pena en la arrogante mujer de túnica azul turquesa de la carnicería y en cómo podemos decir las cosas más ruines y miserables de la gente que más queremos.

–Y entonces yo ya no te querré. Se queda pensativo, parece mucho más preocupado por la idea de que su mujer pueda encontrar a otro hombre, algo que aparentemente no se le había pasado por la cabeza, como si lo que ya ocurrió una vez fuese una especie de desastre natural absolutamente ajeno a ellos y no pudiese volver a repetirse, que porque yo, algún día, ya no tenga ganas de correr a sus brazos. Se viste en silencio.

–Hace mucho que no follo con mi mujer. –Deposita ese regalo infecto ante mí, como un perro que después de una expedición al bosque apareciese con el cadáver descompuesto de algún roedor y se lo ofreciese a su amo como un trofeo.

–Eso me da igual, no es asunto mío –digo con cierta repugnancia. Hasta hoy nunca había mencionado nada de la intimidad con su mujer. Y añado–: Creo que deberíamos dejar de vernos.

–Mierda, mierda, mierda –exclama mientras se coge la cabeza con las dos manos como si fuese un actor de tercera intentando transmitir consternación–. Ya sé que lo que te doy es muy poco, pero no puedo dejar de verte. –Y añade en voz baja, como si le diese vergüenza decirlo o como si fuese mentira–: Te quiero mucho.

Ése ha sido el problema, pienso, sorprendida al ver que ya he empezado a hablar en pasado, que, en vez de quererme, me has querido mucho. Pero no digo nada porque ya es demasiado tarde y porque no hay conversación más patética en el mundo y más destinada al fracaso que la de dos individuos intentando calibrar su amor.

En ese momento, le suena el móvil; es su mujer, que acaba de regresar de un concierto en otro pueblo y le reclama. Echa un vistazo rápido al carísimo reloj de pulsera que le regaló su suegro, que lleva como si fuese un anillo de compromiso, y me mira con los ojos brillantes.

—Me tengo que marchar.

—Sí, yo también.

—Nos vemos pronto, ¿de acuerdo? —Aplasta con pasión y torpeza sus labios contra los míos, inertes.

Al alejarse veo que tiene las piernas torcidas.

Me siento a fumar en la plaza del pueblo, la banda sigue tocando y el público familiar ha sido sustituido por el noctámbulo, más numeroso y bailarín. Hasta tu enfermedad y tu muerte, nunca se me había ocurrido sentarme en un banco en la calle. Si estaba en la calle era para ir a algún sitio o para pasear, ahora disfruto de esa inmovilidad en medio de la gente, de esas pequeñas balsas de salvamento públicas. El mundo se divide entre los que se sientan en los bancos de la calle y los que no. Supongo que he pasado a formar parte del grupo de los ancianos, de los inmigrantes, de los desocupados, de los que no saben adónde ir. De repente veo, entre la multitud, una figura altísima y desgarbada, vagamente familiar, que agita unos brazos infinitos y raquíticos, no sé si bailando o saludándome.

–¡Blanca! ¡Cielo!

Me besa en los labios, como me besó el primer día, hace mil años, cinco minutos después de conocernos, en medio de una mesa llena de gente. Pienso fugazmente en Elisa, con su carita de rata sabia, armada con todas sus teorías freudianas para enfrentarse y domesticar al mundo, ojalá estuviese aquí, me lo explicaría todo y nos reiríamos, seguramente diría que todo es culpa tuya.

–¡Nacho!

–¿Qué haces aquí sola?

–Pues no sé. Últimamente todo el mundo me abandona, mi ex marido, mi mejor amiga, mi amante...

–Vamos –dice, cogiéndome de la mano–, te llevo a una fiesta.

Le miro de reojo mientras recorremos las calles del pueblo. El rey del mundo, el yonqui deportista, el mujeriego impenitente, se ha convertido en un mendigo cubierto de cenizas. Nos conocemos desde niños pero no nos hicimos amigos hasta pasados los veinte años, cuando la diferencia de edad –él es nueve años mayor que yo– dejó de ser aparente y de importar, yo dejé de ser una renacuaja para él, aunque me lo siguió llamando siempre, y él dejó de ser un viejo para mí. Tenía la combinación perfecta de luz y oscuridad de los hombres malditos y románticos, esa luminosidad eléctrica que hace que los demás se acerquen a ellos como polillas a la llama, ojos de cervatillo y una vida absolutamente disoluta, narcotizada y ociosa, caótica y ensimismada. Una belleza física tan notable que durante años ninguna mujer se le resistió, yo tampoco, y más de una noche vimos amanecer juntos, acurrucados en alguna playa o refugiados en algún portal. Pero, a pesar de la simpatía que nos teníamos, nunca hicimos nada por vernos en Barcelona, donde vivíamos los dos, nunca nos intercambiamos los números de teléfono. Nacho era parte del verano, como los paseos en barca, las siestas en la hamaca o el pan recién hecho que comprábamos de madrugada, directamente en el horno donde lo amasaban unos hombres arremangados y cansados que nos miraban con ojos tristes, y que devorábamos antes de irnos a casa a dormir. Nunca se me ocurrió que pudiese existir en otro lugar que en Cadaqués. Al final, la cocaína se convirtió en su única novia, le transformó aquella sonrisa arrebatadora en un rictus tenso y desencajado y le robó la mirada de cachorro para sustituirla por unos ojos astutos, hambrientos y nublados. Su cuerpo tan flexible y distinguido es poco más que un esqueleto, pienso, mientras subimos por una de las cuestas empedradas del pueblo; se mueve con rigidez y tengo la sensación de que cada paso que da le golpea y le duele, como si estuviese hueco; supongo que cada cuerpo cuenta su historia de voluptuosidad y de horror y de desamparo.

Llegamos a una casa grande de salones blancos, sofás de piel viejos llenos de cojines y alfombras orientales cubriendo un suelo de terrazo rojo. Hay velas por todas partes, algunas ya completamente consumidas. Los grandes ventanales que dan al pueblo y al mar están abiertos de par en par y las cortinas livianas y pálidas revolotean como velas cautivas. Hay mucha gente, música, drogas esparcidas por las dos mesas bajas, alcohol y unos restos de fruta desmayada en unos grandes cuencos de colores. Reconozco a algunos de los otros náufragos del pueblo, hijos de los primeros colonos, intelectuales y artistas que, en los años sesenta, llegaron a Cadaqués y lo llenaron de gente atractiva, con talento, ganas de cambiar el mundo y, sobre todo, de divertirse. Reconozco al instante a los hijos de aquella generación, a los asilvestrados que, como yo, fueron educados por padres lúcidos, brillantes, exitosos y muy ocupados, adultos empeñados en que el mundo fuese una fiesta, su fiesta. Somos, creo, la última generación que tuvo que ganarse, a pulso, el interés o la atención de sus padres. En muchos casos, lo conseguimos cuando ya era demasiado tarde. No consideraban que los niños fuesen una maravilla, sino un engorro, unos pesados a medio hacer. Y nos convertimos en una generación perdida de seductores natos. Tuvimos que inventar métodos mucho más sofisticados que simplemente tirar de la manga o echarnos a llorar para que nos hiciesen caso. Se nos exigía el mismo nivel que a los adultos, o al menos que no molestásemos y dejásemos hablar a los mayores. La primera vez que te enseñé una redacción escrita por mí, que había ganado un premio en el colegio –debía de tener unos ocho años–, me dijiste que no te enseñase nada más hasta que tuviese mil páginas escritas, que menos que eso no era una tentativa seria. Las buenas notas eran recibidas como una obviedad, las malas, con cierto fastidio, pero sin grandes broncas ni castigos. Ahora tengo la casa forrada con los dibujos de mi hijo pequeño y escucho al mayor tocar el piano con la misma reverencia que si fuese Bach resucitado. A veces me pregunto qué ocurrirá cuando esta nueva generación de niños cuyas madres consideran la maternidad una religión –mujeres que dan de mamar a sus hijos hasta que tienen cinco años y entonces alternan el pecho con los espaguetis, mujeres cuyo único interés y preocupación y razón de ser son los niños, que educan a sus hijos como si fuesen a reinar sobre un imperio, que inundan las redes sociales de fotos de sus retoños, no sólo de cumpleaños o viajes sino de sus hijos en el váter o sentados en un orinal (no hay amor más impúdico que el amor maternal contemporáneo)– crezcan y se conviertan en seres humanos tan deficientes, contradictorios e infelices como nosotros, tal vez más incluso, no creo que nadie pueda salir indemne de que le fotografíen cagando.

Nos sentamos en un sofá con una pareja de amigos de Nacho. Inmediatamente, nos ofrecen cocaína. Nacho acepta con entusiasmo y empieza a dar botes a nuestro alrededor y a fingir que toca una guitarra imaginaria al ritmo de la música que suena por los altavoces, abriendo mucho las piernas y dándole zarpazos al instrumento. La chica insiste en que me haga una raya con ellos, pero rechazo el ofrecimiento.

—No, gracias, estoy cansada. Y si mañana no estoy en forma, mis hijos protestarán.

—Ah —dice, mirándome sorprendida—. Tienes hijos. Pues una rayita te animará, te quitará el cansancio. —Es rubia y dulce y está muy delgada y morena, lleva unos pantalones indios prácticamente transparentes sin ropa interior y una camiseta vieja de un rosa desvaído.

—No, estoy bien. En serio.

—¿Pero tú eres idiota o qué? —le grita de repente su novio—. ¿No has oído que te ha dicho que no? Déjala en paz.

Y se ponen a discutir a gritos, pero afortunadamente el volumen de la música cubre sus voces y sólo les veo gesticular, frenéticos. Nacho va y viene dando saltos y, finalmente, después de un par de gin tónics, me dejo arrastrar por él y nos ponemos a bailar como cuando éramos pequeños y todavía creíamos que la vida iba a cumplir todas sus promesas y todo daba igual porque todo iba a salir bien. Al acabar, nos tumbamos juntos en un sofá. Entonces se me acerca corriendo la amable y dulce chica rubia.

–¡Te estaba buscando! Mira, mira –me dice, enseñándome una foto en su móvil–, son mis óvulos congelados.

–Ya. –Miro la imagen irreconocible de un fondo gris con unas manchas ovaladas de un gris más oscuro sin saber qué decir, mientras ella me observa con ojos expectantes–. Son muy bonitos –digo finalmente.

–¿Verdad que sí? –exclama–. Son por si algún día decido tener hijos. –Y añade–: Cuando esté preparada.

–Qué bien. Me alegro mucho –digo.

–Sólo te los quería enseñar. –Tiene los ojos de un azul transparente y cándido que hace que se me encoja el corazón, como si me pudiese asomar y ver a través de ellos el interior de su cuerpo, los pequeños ríos de sangre, el corazón asustadizo y valiente a la vez.

Cuando se ha ido, Nacho dice:

–Ésta ya no tiene salvación, él tal vez sí se pueda salir, pero ella está demasiado metida. La idea de congelar los óvulos fue de su padre, un médico madrileño muy importante.

Me aparta el pelo y me empieza a besar la nuca como un pájaro, a pequeños picotazos.

–Y nosotros ¿qué? –pregunta–. ¿Vamos a dormir juntos? ¿Como en los viejos tiempos?

163

Me echo a reír.

–¡Qué viejos somos ya!, ¿no? Imagínate lo que será dentro de veinte años más. Ahora sólo estamos empezando a practicar la vejez, pero todavía es una broma, una sombra lejana.

–O sea que no vamos a dormir juntos.

Me muerde la nuca con suavidad.

–Creo que lo que necesito es un amigo.

–Como amigo soy nefasto, ya lo sabes.

Nos reímos los dos.

–Ya. Yo tampoco soy nada del otro mundo. Pero si nos pudiésemos quedar acurrucados así un rato.

–Siento el cansancio nublado y un poco dolorido de los días de convalecencia pasados en la cama, la tristeza vaga y persistente que me acompaña desde tu muerte, que intento sacudirme pero cuyas partículas vuelven a posarse siempre, exactas, en el mismo sitio.

Nacho me abraza muy fuerte, como un niño pequeño que abrazara a su muñeco, pero siento su cuerpo tenso y ansioso. Sé que no se irá a dormir mientras quede una sola mota de veneno en la casa.

–Me tengo que marchar. Se ha hecho muy tarde –le digo, liberándolo.

Me acompaña hasta la entrada y, cogiéndome la cara con las dos manos, me besa como hace mil años, cuando éramos otros. Su silueta de Don Quijote se recorta en la puerta.

–Cuídate, petisina. Hace frío ahí fuera.

Ha refrescado y una bruma ligera, gris y lechosa,

que dentro de un rato se teñirá de rosa y de naranja, empieza a difuminar el contorno de las cosas. No falta mucho para que amanezca. He debido de pasar tres o cuatro horas en la fiesta. La música de la casa me acompaña un rato hasta que sólo queda el sonido de mis pasos sobre la pizarra gris y el graznido de los pájaros sonámbulos. No quiero ir a dormir todavía, creo que bajaré hasta la playa y que, por primera vez, veré amanecer sola, aunque tal vez los amaneceres, como muchas otras cosas, sólo adquieran su pleno sentido de triunfo y redención en silenciosa compañía. Pero, en vez de dirigirme hacia el mar, empiezo a subir por la montaña, me meto por las rocosas callejuelas, estrechas como pasillos, que delimitan unos muros bajos de piedras apiladas, magníficos rompecabezas antiguos que nunca se desmoronan, que acotan huertos y campos de olivos y sobre los que, durante el día, dormitan y vigilan los gatos del pueblo. Alguien ha dejado encima de una tapia un minúsculo zapato infantil. Dentro de un rato amanecerán mis hijos, mi espectáculo particular de sueños y albores, Edgar, silencioso y meditabundo, arrastra, como yo, los vestigios de la noche durante largo rato, mientras que Nico se abalanza sobre el día con decisión, parlanchín y risueño. Las piernas me pesan como en algunas pesadillas pero no me detengo, bebo el aire nuevo e intacto del día que comienza y me digo que mañana dejaré de fumar, mientras voy subiendo lentamente la cuesta hasta llegar a una explanada de tierra con dos árboles raquíticos que en verano sirve de aparcamiento para los inquilinos del camping. De joven, lo había visitado a menudo, recuerdo a un amigo italiano que me preparaba espaguetis con tomate en un hornillo al aire libre, pero he olvidado su nombre, como el de casi todos los protagonistas de aquellos veranos livianos y felices en los que, como todos los jóvenes, con euforia, arrogancia, despreocupación e intensidad, planeábamos sobre el pueblo y sobre el mundo. Un hombre mayor con un cubo en la mano cruza la explanada del camping y me saluda con una inclinación de cabeza antes de desaparecer en el pequeño pabellón de las duchas. Debo de tener un aspecto lamentable, si el bar del camping estuviese abierto, entraría a tomar un café y a lavarme la cara, pero todavía es demasiado temprano, el edificio gris está cerrado y a oscuras. Sigo caminado hasta que vislumbro los muros blancos de la pequeña ermita, que están empezando a clarear, y los dos cipreses, como un par de guardianes serios y benévolos, todavía negros, que flanquean la entrada al cementerio. He llegado, aquí termina el camino de baldosas amarillas. A pesar del cansancio, el corazón me late con fuerza, tengo las manos heladas y he empezado a temblar. La última vez que estuve aquí había un montón de gente, los vivos sobrepasábamos en número a los muertos, éramos mayoría y estaban mis amigos. Y sin embargo ya entonces empecé a fantasear sobre lo que sería venir sola, me imaginé subiendo la cuesta, serena y filosóficamente, ya curada, quizá con alguna flor silvestre recogida por el camino en la mano. Observo el portalón de madera oscura y nudosa y acaricio con un dedo el pesado tirador de hierro. Tengo miedo y estoy agotada, tal vez sea mejor regresar a casa, dormir, descansar, volver al mediodía, acompañada, o no volver nunca, puedo no volver nunca, es una posibilidad. Empujo la puerta. Está cerrada. Pero los cementerios nunca están cerrados por la noche, he visto miles de películas de terror que suceden por la noche en cementerios. Seguro que es culpa de mi torpeza, no puede ser que la puerta esté cerrada. Vuelvo a empujar, apoyo todo el cuerpo contra la puerta mientras manipulo inútilmente el pesado pomo. No puedo respirar y me doy cuenta de que estoy llorando. Lo arreglaré, lo arreglaré, todo tiene solución. Voy a llamar al alcalde y le pediré que venga a abrirme la puerta. Treparé por la pared como el hombre araña. Escribiré una carta indignada al periódico. Hablaré con Amnistía Internacional. Es imposible que la puerta no ceda y que no pueda entrar. Respiro profundamente. Voy a hacerlo por las buenas, sin perder los nervios, seguro que así funcionará. Llamo suavemente a la puerta y murmuro: «Mamá, mamá» muy bajito mientras apoyo la oreja contra el portalón, creo oír un rumor de patas de gato a lo lejos, pero espero un rato y no viene nadie a abrirme. Zarandeo el pesado pomo de hierro y empiezo a aporrear la puerta con todas mis fuerzas como

167

si fuese yo la que está encerrada en algún sitio, hasta que el dolor en los puños y en las palmas de las manos me obliga a parar. Me siento, vencida y exhausta, en el banco de la entrada a la ermita. Ha amanecido sin que me diese cuenta. Una luz diáfana y rosada acaricia los olivos plateados, tiñe de rojo las paredes blancas y humedece imperceptiblemente los caminos de tierra. Reconozco esa luz como si fuese una llamada de alguien conocido. Me subo al banco y me asomo al muro desde el que se ve el campo de olivos y Port Lligat, el pequeño puerto donde teníamos la barca, al fondo. De repente, la veo. Camina por el muelle con su camisa descolorida de cuadros azules encima del traje de baño, con sus preciosas piernas morenas siempre llenas de moratones, sus chanclas de niña pequeña con los pies para dentro, las gafas torcidas, el pelo hecho un desastre debajo de una gorra reseca por el agua salada, va acompañada por sus tres perros –Patum, Nana y Luna–, que se acaban de dar un chapuzón, y se dirige, feliz, hacia su barca. El mar está como un plato, hace un día glorioso. Antes de subir, se da la vuelta, me sonríe y me dice:

–También esto pasará.

Y me guiña un ojo.

## EPÍLOGO

La última noche la pasaste sola. Había estado todo el día en el hospital cogiéndote la mano y cuando el médico me dijo que estabas mejor, a pesar de que sólo había que mirarte para ver que no era cierto, decidí ir a casa a dormir un poco. Me hubiese gustado morir contigo, en la misma habitación, en el mismo instante, y no a la mañana siguiente, cuando tú ya estabas muerta. Me hubiese gustado estar allí, cogiéndote la mano, para nuestro final. Porque paseo por el terreno de los vivos, más o menos alegremente, más o menos sola, pero tengo siempre un pie donde tú estás. A veces, me cuento la historia que tú me contaste un día, sentada en mi cama, para consolarme de la muerte de mi padre: Érase una vez que en un lugar muy lejano, tal vez China, había un emperador poderosísimo y listo y compasivo, que un día reunió a todos los sabios del reino, a los filósofos, a los matemáticos, a los científicos, a los poetas, y les dijo: «Quiero una frase corta, que sirva en todas las circunstancias posibles, siempre.» Los sabios se retiraron y pasaron meses y meses pensando. Finalmente, regresaron y le dijeron al emperador. «Ya tenemos la frase, es la siguiente: "También esto pasará."» Y añadiste: «El dolor y la pena pasan, como pasan la euforia y la felicidad.» Ahora sé que no es verdad. Viviré sin ti hasta que me muera. Me diste los flechazos como única forma posible de enamoramiento (tenías razón), el amor al arte, a los libros, a los museos, al ballet, la generosidad absoluta con el dinero, los grandes gestos en los momentos adecuados, el rigor en los actos y en las palabras. La falta total de sentido de culpa, y la libertad, y la responsabilidad que conlleva. En casa, nunca nadie se sentía culpable de nada, uno pensaba y actuaba en consecuencia y, si se equivocaba, no valía sentirse culpable, se apechugaba con las consecuencias y punto. Creo que jamás te escuché un «lo siento». También me regalaste la risa loca, la alegría de vivir, la entrega absoluta, la afición a todos los juegos, el desprecio por todo lo que te parecía que hacía la vida más pequeña e irrespirable: la mezquindad, la falta de lealtad, la envidia, el miedo, la estupidez, la crueldad sobre todo. Y el sentido de la justicia. La rebeldía. La conciencia fulgurante de la felicidad en esos instantes en los que uno la tiene en la mano y antes de que eche a volar de nuevo. Recuerdo habernos mirado en algún momento, a través de una mesa llena de gente, o paseando por una ciudad desconocida, o en medio del mar, y haber sentido las dos que caía polvo de hadas sobre nuestras cabezas y que tal vez no nos pondríamos a volar allí mismo como aseguraba Peter Pan pero casi. Y me sonreías desde lejos y yo sabía que tú sabías que las dos sabíamos, y que en secreto agradecíamos a los dioses aquel regalo insensato, aquel chapuzón perfecto en alta mar, aquel atardecer rosa, aquellas risas después de una botella de grapa, las payasadas para que las personas que ya nos querían muchísimo, nos quisieran todavía un poquito más. Y la grandeza, una capacidad para nombrar las cosas, para verlas, una auténtica tolerancia con los vicios y defectos de los demás seres humanos. Dudo mucho que yo la haya heredado, pero sé cuándo la tengo cerca, la reconozco y desde que tú no estás, la busco como un perro hambriento, como un yonqui ojeroso con síndrome de abstinencia, la huelo, la oigo, la reconozco (a veces con un gesto de la mano ya tengo suficiente), está en mis hijos de forma incipiente, la cortesía, la buena educación, la falta absoluta de esnobismo. Toda persona que entra en casa, y entran algunas muy raras, muy heridas, muy locas, es recibida por tus nietos con amabilidad, con curiosidad, con respeto, con cautela, con cariño. Y siempre que pasamos en coche por el último piso en el que viviste, en la calle Muntaner, observo disimuladamente por el retrovisor a tu nieto mayor alzar la mirada hacia tu balcón en silen-

171

cio. Y pienso que tal vez podría decirle que estás en un lugar mejor, pero sé que no es verdad, porque durante mucho tiempo no hubo nada que te gustara más que estar con tus nietos y conmigo. Algún día, hablaremos mucho de ti. Yo estoy empezando a respirar mejor y ya casi no tengo pesadillas, y algunos días siento revolotear el polvo de hadas por encima de mi cabeza, no mucho y no muy a menudo, pero es un principio. Y tenemos un nuevo inquilino en casa, se llama Rey, estoy intentando que los niños aprendan a sacarlo a pasear cada día. Anteayer, llevé tu chaqueta a la tintorería, me la devolverán el jueves, «como nueva», me han dicho.

*Barcelona, abril de 2014*